KB072720

레전드급
낙오자

레전드급 낙오자 5

홍성은 장편소설

초판 1쇄 찍은 날 § 2020년 5월 12일
초판 1쇄 펴낸 날 § 2020년 5월 19일

지은이 § 홍성은
펴낸이 § 서경석

총괄팀장 § 노종아
편집책임 § 강서희
디자인 § 소소연

펴낸곳 § 도서출판 청어람
등록번호 § 제387-1999-000006호
등록일자 § 1999. 5. 31
어람번호 § 제1-3048호

주소 § 경기도 부천시 부일로 483번길 40 서경B/D 3F (우) 14640
전화 § 032-656-4452 팩스 § 032-656-4453
http://www.chungeoram.com
E-mail § chungeorambook@daum.net

ⓒ 홍성은, 2020

ISBN 979-11-04-92188-9 04810
ISBN 979-11-04-92131-5 (세트)

※ 파본은 구입하신 서점에서 교환하여 드립니다.
※ 저자와 협의하여 인지를 붙이지 않습니다.
※ 이 책은 도서출판 청어람과 저작자의 계약에 의해 출판된 것이므로,
   무단 전재 및 유포·공유를 금합니다.

청어람

레전드급 5
낙오자

홍성은 장편소설

FUSION FANTASTIC STORY

레전드급
낙오자

목차

Chapter 1

　만마전의 악마들 중 작위를 가진 개체는 극소수다.

　약육강식이 기본인 터라 생존을 위해 아귀다툼을 벌여야
하는 악마들의 사회에서, 작위를 받을 만한 공을 세운다는 여
유를 부릴 수 있는 개체는 그렇게 많지 않았다.

　작위를 받은 개체 중에서도 대부분은 기껏해야 기사 작위
를 받는 것이 보통이다. 그중에서도 대부분은 편력 기사로, 장
원을 받은 가신 기사는 정말 드문 존재다.

　그런 가신 기사가 공을 세우고 또 세우고, 그렇게 주군의
명성을 드높여야 비로소 될 수 있는 것이 악마 남작이었다.

　인간들과는 달리 작위를 혈연에게 상속하거나 남에게 사고

파는 일 자체가 존재하지 않는 악마 사회에서, 악마 남작들은 그만큼의 전공을 쌓아왔을 정도의 능력을 지닌 강력한 존재다.

그런 악마 남작이 셋이나 '신 가나안'이라 불리는 변경 세계를 방문했다.

"형님, 여긴 교단 영역이잖습니까? 우리가 이런 데 들어와도 되는 겁니까?"

악마들의 약육강식은 혈연 사이에서도 여지없이 발휘된다. 누군가에게 형이라 불린다는 것은 그렇게 불릴 만한 자격이 있기에 가능한 일이다.

"원래는 안 되지."

"지금은 된다는 뜻이로군요."

"그래, 맞아."

세 악마 남작의 모습은 인간의 눈으로 볼 때 무시무시하게 생겼다. 검붉은 피부에 잘 발달된 근육, 박쥐를 연상케 하는 피막의 날개에 손톱과 발톱은 육식동물의 그것보다 날카롭고 강인해 보였으며 머리에는 거대하고 날카로운 뿔이 발달되어 있었다.

형이라 부른 악마 쪽이 형이라 불린 악마보다도 우락부락했고, 지금까지 입을 벌리지 않은 악마 또한 형이라 불린 악마보다는 덩치가 컸다.

"막내야, 말이 없구나. 긴장했느냐?"

"아, 아닙니다. 작은 형님."

"뭐, 큰 형님의 위명을 한 번이라도 들었다면 긴장하는 것도 무리는 아니지."

그러나 셋 중 누가 일행의 리더인지는 다른 두 악마의 태도로 볼 때 일목요연했다. 외견으로 강약을 판단해서는 안 된다는 법칙은 플레이어에게만 적용되는 것이 아니었다. 가장 덩치가 작은 악마가 형이라 불린 악마이자 이들의 리더였다.

덩치 큰 두 악마가 자기들보다 훨씬 체구가 작은 악마의 눈치를 보며 설설 기는 건 언뜻 보기엔 우스꽝스러워 보였으나, 그들에겐 그들 나름의 합당한 이유가 있었다.

"우리 큰 형님이 바로 그 천만의 악마를 학살하신 대학살자 뤼펠 님이시니까."

같은 악마라도 아무런 거리낌 없이, 벌레 터뜨리듯 죽일 수 있는 상대를 앞에 두고도 비굴한 태도를 취하지 않는 건 만용도 아니고 그저 어리석음일 뿐이다. 적어도 이 자리의 다른 두 악마는 그렇게 생각하고 있었다.

"자자, 잡담은 여기까지 하고."

뤼펠이라 지칭된 작은 악마는 말은 그렇게 했지만, 자신을 띄우는 발언이 기분 나쁘지만은 않은지 슬쩍 웃고 있었다.

"예, 형님."

"알겠습니다!"

느물느물한 둘째와 빠릿빠릿한 막내의 대답을 듣고 흐뭇하게 고개를 끄덕인 큰 형님, 뤼펠은 인벤토리에서 무언가를 꺼내 들었다. 그것은 작고 검은 돌조각이었다.

"오오, 그것은!"

"기분도 좋으니 오늘은 내가 힘을 좀 쓰도록 하지."

뤼펠이 손에 든 돌조각을 던지자, 땅에 닿은 그것은 크게 자라나 성채가 되었다. 막내가 뒤늦게 탄성을 질렀다.

"훌륭한 악마성이로군요!"

그 탄성을 듣고서도, 뤼펠은 굳이 겸양했다.

"이 정도면 남작 셋이 거할 임시 주둔지로는 충분하겠지."

"차고 넘칩니다, 형님!"

"흠, 그래."

둘째의 호들갑을 듣고서야 만족한 뤼펠은 작은 수정 하나를 품에서 꺼내 던졌다.

"악마 군주 뤼펠의 이름으로 부르노니 어둠의 재앙들이여, 여기 나와 명을 받들라!"

그러자 수정에서 어두운 기운이 솟아 나오더니, 한 무리의 그림자 기사들이 나타나 무릎을 꿇었다. 그들을 오연하게 내려다보며, 뤼펠은 인벤토리에 손을 넣어 양피지 한 장을 꺼내 들었다. 그것은 계약서였다.

"이게 너희가 가야 할 곳을 알려줄 거다."

뤼펠이 계약서를 허공에 휙 던지자, 그 양피지 한 장은 나풀거리며 날아가기 시작했다. 그러나 그것은 보이기만 그럴 뿐,

실제론 불어오는 바람을 무시하고 정해진 방향으로 날아가고 있었다.

"가서 계약의 대상을 잡아와라."

고개를 깊이 숙여 그 명령에 답한 그림자 기사들은 각자 와이번을 소환하더니, 일사불란하게 움직여 허공을 나풀거리는 양피지를 따라 날아갔다.

그런 기사들의 모습을 바라보던 둘째가 문득 걱정스러운 듯 뤼펠에게 물었다.

"그, 형님. 괜찮으시겠습니까?"

"뭐가?"

"임무는 우리가 직접 수행해야 된다고 하던데……."

눈치를 보는 둘째의 모습에, 뤼펠은 코웃음을 치며 말했다.

"나의 수족을 움직였다. 이것이 직접 수행하는 것이 아니고 무엇이냐?"

"그, 그렇군요!"

"그렇다. 이것이 군주의 방식이다."

"그렇고말고요!"

감히 뤼펠의 기분을 상하지 않게 하려고, 다른 두 악마 남작들은 곧장 고개를 끄덕였다. 그런 두 악마의 태도에 뤼펠은 픽 한 번 웃곤 이렇게 말했다.

"그럼 나의 기사들이 일을 처리하길 성안에서 같이 기다리지. 군주답게 말이야."

      *   *   *

  나는 다음으로 인벤토리에서 도관법인 천계란 곳에서 보내 준 전설급 보패를 꺼내 들었다. 옥색의 호리병 모양 보패였는데, 아무래도 무기는 아닌 듯했다. 이런 건 옵션을 불러내 읽는 게 빠르지.

[천옥봉호로]
—분류: 보패
—등급: 전설(Legend)
—내구도: 333/333
—옵션: [봉인]
ㄴ[봉인]: 대상을 저항불능 상태에 빠뜨린 후에 사용 가능. 지정한 대상을 호리병 안에 가둬 봉인한다. 봉인된 대상은 일반적인 방법으로는 탈출이 불가능하며, 스킬 사용 또한 제한된다.
—[숨겨진 옵션]
—[숨겨진 옵션]
—설명: 본래 금각과 은각이라는 요괴가 사용하던 사람을 가두어 녹여 죽이는 사이한 호리병이었지만, 그들이 천계에 귀의하면서 천계의 보물고에 놓였다가 개조되어 천계에서 죄인을 가두어 호송하는 용도로 쓰이기 시작했다. 원본과 달리 딱히 이름을 불러

서 대답을 받을 필요는 없지만, 가둔 상대를 녹여 죽이는 기능도 삭제되어 있다.

적을 제압해서 가둬놓을 때 꽤 쓸모 있어 보이는 효과다. [숨겨진 옵션]도 두 개 붙어 있고. 이건 일단 놔둘까.
다음!

[바즈라다라의 바즈라]
―분류: 법구
―등급: 전설(Legend)
―내구도: 333/333
―옵션: 항마력 +50, 전기 속성 스킬 위력 +12레벨
―[숨겨진 옵션]
―[숨겨진 옵션]
―[숨겨진 옵션]
―설명: 야차가 천계로 귀의하며 제석천으로부터 수호의 임무와 함께 바즈라를 받으니, 그 이름을 바즈라다라로 바꾸게 되었다. 이 바즈라가 야차로 하여금 이름을 바꾸도록 한 그 바즈라다.

아니, 도관법인이라면서 왜 법구가 나오지? 도관이면 도교 소속 아니었어? 그런 건 중요하지 않다. 중요한 건 옵션… 인데……. 다른 옵션이 전부 숨겨져 있으니 확인할 수도 없다.

그런데 여기에도 항마력이 붙었네. 하하, 악마를 상대로 꿇릴
일은 없겠군.

어쨌든 전기 속성 스킬 위력을 12레벨이나 올려주니 그냥
왼손에라도 들고 있으면 되겠지. 운 좋으면 [숨겨진 옵션]을 벗
길 수 있을 테고.

다음!

[타천사의 포옹]
 ㅡ분류: 두루마리(Scroll)
 ㅡ등급: 전설(Legend)
 ㅡ내구도: 10/10
 ㅡ옵션: 마나 +1,000, 마나 회복 속도 +200%, [타천사의 포옹]
 ㅡ[타천사의 포옹]: 3초에 걸쳐 마나를 2,000 회복하고, 회복하
는 동안 마법 공격력을 20레벨 상승시킨다.

[타천사의 구원]
 ㅡ분류: 두루마리(Scroll)
 ㅡ등급: 전설(Legend)
 ㅡ내구도: 10/10
 ㅡ옵션: 생명력 +1,000, 생명력 회복 속도 +200%, [타천사의
구원]
 ㅡ[타천사의 구원]: 3초에 걸쳐 생명력을 2,000 회복하고, 회복

하는 동안 물리 공격력을 20레벨 상승시킨다.

두루마리는 펼치고 있는 동안 효과를 얻을 수 있는 아이템이었다. 일단 펼쳐서 효과를 얻으면 펼친 상태로 인벤토리에 넣어도 효과가 지속된다는 게 좋은 점이었다.

기본 내구도가 낮기 때문에 항상 펼치고 다니는 건 별로 현명한 선택은 아닐 것 같았다. 아이템 효과를 활성화시킨 상태에선 인벤토리에 넣어놔도 지속적으로 내구도가 떨어지니까.

다만 고유 사용 효과를 얻기 위해서는 역시 손에 들어야 한다. 고유 사용 효과가 강력하긴 하지만 기본적으로 3초밖에 지속이 안 된다는 점이 마음에 걸린다.

"안 그래도 손에 들 게 많은데……."

이건 팔아 치울까? 아니, 하지만 마나와 생명력을 대량으로 얻는 패시브만으로도 쓸모가 있긴 하다. 그러니 크리스티나도 각각 금화 10만 개 이상의 가치가 있다고 한 걸 거고 말이다.

"일단 두자."

고민할 게 생기면 일단 뒤로 미루는 건 나의 안 좋은 버릇이지만, 그렇다고 이것만 손에 들고 끙끙대기엔 시간이 너무 아깝다.

"다음!"

그렇게 새로 얻은 아이템들의 면접을 한창 보고 있을 때, 그것들은 찾아왔다.

"······!"

그리고 그것들이 내게 접근하기도 전에, 나는 그것들의 존재를 알아챘다. 손에 들고 살피던 아이템들을 인벤토리 안에 쓸어 넣고, 나는 [천자총통]을 꺼내 [상유십이]를 활성화하고 그중 다섯 문을 꺼내 동시에 방열했다. C랭크에 다다른 내 [동시 방열]이 그것을 가능케 했다.

"선배?"

"로드!"

안젤라와 키르드가 내 갑작스러운 기행에 날 부르는 소리가 들렸다.

"전투준비!"

가장 먼저 상황을 이해한 건 케이였다. 역시 신 출신! 아마 직감이 높기 때문이겠지.

"아니, 안젤라. 둘을 데리고 숨어 있어. 쟤네 꽤 강해."

그랬다. 내 직감에 의하면 저들은 꽤 강했다. 나한테 전투 경험치를 줄 수 있을 정도로.

저 경험치는 내가 다 먹어야 했다.

이미 성장을 끝낸 안젤라나 플레이어가 아닌 케이에게 경험치를 나눠주는 건 너무 아까웠다. 키르드? 키르드는 내가 보호해 줘야지. ···그런 걸로 해두자.

"알았어요, 선배!"

내 말을 금방 알아들은 안젤라가 특기를 활용해 모습을 감쪽같이 감춰 버렸다. 저거 참 탐나는데, 저것만은 어떻게 해도 뜯어올 수가 없단 말이지.

혀를 찬 나는 [진리의 검]을 뽑아 들어 [불꽃의 검]을 활성화했다. 그리고 성지를 펴 안젤라가 있던 지역을 보호했다. 그리고 왼손에는 [바즈라다라의 바즈라]를 꺼내 들었다.

그랬더니 갑자기 이쪽을 노리고 날아들던 적의가 수그러들었다. 아니, 뭐지?

가만, 안젤라가 특기를 써서 모습을 숨기자마자 적의가 사라졌다는 건…….

"목표는 내가 아니었단 소린가?"

케이는 몰라도 안젤라와 키르드를 노리는 존재는 있을 법도 하다. 안젤라는 교단, 그리고 키르드는 하워드 가문이 그에게 건 확보 현상금을 노린 놈들이 꼬일 수 있지.

물론 내가 먼저 키르드를 확보하긴 했지만 날 죽이고 현상금을 가로챈다는 건 나올 수 있는 발상이다. 키르드가 인질로 가치가 있다는 걸 이번 기회에 확인하고 납치를 노리는 범죄자도 있을 수 있고.

키르드를 노리는 경우라면 별로 위협적이지 않다. 그냥 숨어서 상황을 보면 되니까.

하지만 안젤라를 노린 경우가 문제다. 적들에게 안젤라를 찾아낼 능력이 없더라도 쥬디케이터가 그랬듯, 광역 스킬로 이 주변을 다 쓸어버릴 가능성을 결코 배제할 수 없으니까.

이 경우엔 숨어 있는 것만으로는 문제가 해결이 안 된다.

"이런 경우는 역시 선제공격이지. 그렇지? 그래!"

내 직감에 물어봤더니 맞다는 대답이 돌아왔다.

게다가 [동시 방열]과 [동시사격]의 수련치를 채울 기회를 놓치긴 너무 아깝다. 강적 대상 수련치에 걸려서 C랭크까지밖에 못 올린 두 스킬의 수련치를 채울 절호의 기회다.

그럼 쏴야지.

"발사!"

내 [동시사격] 명령에 눈에 보이지 않을 정도로 멀리 있는 적들을 향해 포탄 다섯 발이 동시에 허공을 가르고 날아갔다. 그리고…….

쿠콰콰콰쾅!

시야 저편이 붉게 물들었다. 불꽃 속성의 마력을 한껏 밀어 넣은 [강화 마법포탄 생성]으로 만들어낸 강화 포탄 덕이다.

"발사!"

내 [자동장전]에는 자비심이 없었다. [동시사격]의 재사용 대기 시간 초기화를 받은 나는 곧장 다음 사격을 감행했다.

                    *   *   *

쿠콰콰콰쾅!

"발사!"

쿠콰콰콰쾅!

오, 수련치가 올랐다. 수련치가 올랐다는 건 내 포격이 명중했다는 뜻이다. 좋아, 좋아. 그럼 발사각을 좀 조정해서…… 계속 쏴야지.

"발사!"

                    *   *   *

악마 남작 뤼펠의 명을 받아 나풀나풀 휘날리는 계약서의 뒤를 쫓아 와이번을 타고 하늘을 날던 그림자 기사단은 갑작스러운 상황에 당황했다.

목표를 향해 잘 날아가던 계약서가 갑자기 제자리를 맴돌기 시작한 것이 그것이었다.

이름이야 기사단이지만 실상은 악마 기사가 아닌 그림자 생물에 불과한 그들은 전투력만큼은 악마 기사에 준하지만 자의적으로 판단하는 능력이 매우 떨어졌다.

자연히 그들은 어찌할 바를 모른 채 계약서를 두고 제자리를 빙글빙글 돌며 대기를 할 수밖에 없었다.

그 시점에서 이미 이진혁의 직감에 탐지된 것도 모른 채.

쿠콰콰콰쾅!

그들을 노린 갑작스러운 포격이 날아들게 된 것도 딱 그때의 일이었다.

"……?!"

"……?!"

다행히 첫 공격에는 아무도 휘말리지 않았으나, 그들은 아직도 기습에 대응해야 하는지 제자리를 나풀거리는 계약서를 쫓아 빙글빙글 돌아야 하는지 판단을 내리지 못했다. 그러는 와중 두 번째 포격이 날아들었다.

쿠콰콰콰쾅!

아까보다 훨씬 위협적인 포격에도 우왕좌왕하던 그들은 세 번째 포격에 이르러서야 계약서를 따라 뱅글뱅글 도는 것을 그만두고 기습에 대응하는 것을 택했다.

쿠콰콰콰쾅!

그러나 세 번째 포격은 위협적임을 넘어, 그들을 정확히 노려 머리 위에 떨어졌다.

"……!"

"……!!"

아무도 죽지는 않았으나 큰 피해를 입고 말았다. 와이번의 날개가 꺾여 지상으로 떨어지는 이들도 생겼고 말이다.

"……!!!"

뒤늦게나마 내려진 리더의 돌격 명령에, 그림자 기사들은 창을 세우고 곧장 적을 향해 돌격했다.

쿠콰콰콰쾅!

뒤이어 떨어진 폭격에 후미의 그림자 기사 몇이 기어이 절명해 버렸지만, 그들은 결정을 번복하지 않았다.

"······!!!"

"······!!!"

판단력은 다소 떨어질지 몰라도 겁을 모르고 용맹하다. 그
것이 그림자 기사단의 가장 큰 장점이었으므로.

쿠콰콰콰쾅!

              *   *   *

"이야, 오네?"

나는 희희낙락하며 계속해서 포격을 가했다. 능력치로는
표기되지 않았으나 내 시력은 꽤 좋은 편이다. 저 멀리서 와이
번을 탄 그림자 기사들이 날 향해 날아오는 것이 내게도 보였
다. 그러나 아직 거리는 꽤 있었고, 근접전에 돌입하려면 멀었
다.

포격을 가할 때마다 기사들이 꺾여가는 것 또한 잘 보였다.

사실 저놈들도 상당히 강력한 놈들이다. 저들 각각이 모두
필드 보스급의 강력함을 자랑하며, 저들이 탄 와이번 또한 필
드 보스급이니까.

하지만 막 튜토리얼 세계에서 나왔을 때면 모를까, 지금의
내게 필드 보스급은 먹기 좋게 차려진 밥상에 불과하다.

쿠콰콰콰쾅!

"신난다!"

내가 이렇게 신이 난 까닭은 단순히 포격 스킬의 수련치가 쌓여서가 아니다.

[토벌 퀘스트]

—의뢰인: 크리스티나

—종류: 토벌

—난이도: 매우 위험!

—임무 내용: 그림자 기사단을 처치하라!

—보상: 그림자 기사 1기당 금화 2,000개(+100%), 기여도 2,000(+100%), 직업 경험치 2,000(+100%)

스킬 수련치, 전투 경험치, 거기에 퀘스트 보상까지! 게다가!!

"저것들 교단 소속 아닌 거 맞지?"

—틀림없어요. 저것들은 악마에 가까운 존재. 교단과는 상극이니까요!

그렇다면 아무리 먹어도 뒤탈 없는 잘 차려진 밥상이나 다름없다!

"너무너무 신난다!"

쿠콰콰콰쾅!

그림자 기사단은 아무래도 전술 이해도가 떨어지는 듯, 이미 세력의 과반이 꺾여 공세 종말점을 맞이했음에도 불구하고 우직하게 돌격을 해오고 있었다.

"그럼 나야 좋지!"

쿠콰콰콰쾅!

―레벨 업!

"좋다, 좋아!!"

이 김에 포격 스킬은 원 없이 올리겠네!

*　　　*　　　*

악마 남작 뤼펠은 다른 두 악마 남작과 함께 신선한 인류종의 영혼을 주재료로 한 만찬을 즐기고 있던 참이었다.

"……!"

그러나 문득, 그는 얼굴 표정을 굳힐 수밖에 없었다.

'권속들이… 전멸했다고?!'

그림자 기사단은 뤼펠이 악마 남작으로서의 능력을 따로 떼어 내어 만들어낸 권속. 그 권속이 전멸했다는 건 단순히 체면을 구긴 것으로 끝나지 않는다. 나눠 낸 능력과 힘을 영원히 회수하지 못하게 상실되어 버렸다는 의미이기도 했으니.

악마 사회는 약육강식의 세계. 힘이 줄어들면 그 지위 또한 위협받는다. 아무리 과거에 공을 세웠다 한들, 지금 약하다면 잡아먹힐 수도 있다.

"왜 그러십니까, 형님?"

굳이 생전의 감각을 되살린 후에 회를 쳐, 아직도 꿈틀거리며 비명을 지르는 인류종의 영혼 사시미를 맛있게 즐기고 있던 둘째가 그의 눈치를 보았다.

"별거 아니야."

뤼펠은 허세를 떨었다. 이것이 군주의 방식이라고 그렇게 큰 소리를 쳤는데, 자신의 권속들이 전멸해 버렸다는 소릴 어떻게 곧이곧대로 말하겠는가?

"만찬을 계속 즐기도록 하지!"

다행인지 불행인지, 다른 두 악마 남작은 더 이상 캐묻지 않았다. 하긴 그들이 감히 캐물을 순 없으리라. 악마 대학살자 뤼펠 앞에서 어딜 감히?

하지만 그렇기 때문에 뤼펠은 더더욱 사실을 털어놓을 수 없게 되었고, 그의 체면을 위해서라도 이 사태를 온전히 혼자 힘으로 처리해야 했다.

*   *   *

뚜루루루······.

전화가 왔다. 나는 전화를 받았다.

"여보세요?"

─선배? 저예요.

"아, 안젤라구나. 왜?"

─저희, 숨어 있을 필요 없었던 거 아니에요?

사실을 말하자면 그 말대로였다.

나는 그림자 기사단을 포격만으로 다 때려잡았다. 일단의 위협은 걷힌 셈이다.

이 와중에 [동시 방열], [동시사격], 그리고 [강화 마법포탄 생성]을 모두 S랭크에 올릴 수 있게 수련치를 채우는 기염을 토했다.

"후후후……."

─통화하면서 혼자 웃지 마세요, 선배…….

"후후후후……."

왜 사람은 하지 말라는 건 하고 싶어지는 걸까? 이런 본능 때문에 죽어나간 사람들도 많을 텐데, 수천 년 동안 천성으로 내려온 걸 보면 참 신기하다. 그러고 보니 내가 마지막 지구 인류니, 마지막까지 천성을 못 버린 셈이 되네.

이게 아니고.

"일단 계속 숨어 있어."

─네? 이거 꽤 힘들어요. 숨 막히고 갑갑하고…….

"너희가 숨고 나니 갑자기 놈들의 추적이 멈추더군."

갑자기 침묵이 내려앉았다. 이게 어떤 의미인지 직감한 거겠지.

"내 생각에 이거 너나 키르드 노리는 거야. 그러니 일단 숨어 있어."

—…네.

"좋아."

나는 전화를 끊었다. 그리고 생각했다.

처음에는 키르드의 현상금을 노린 이들이라고도 생각했었다. 그런데 전투를 끝내놓고 천천히 따져보니 그건 이상하다.

인류연맹도 지금 이 변경의 좌표를 몰라서 우리를 픽업해 줄 포탈도 못 여는 판인데, 고작 현상금을 노리는 범죄자가 우리 위치를 정확하게 찾아서 추적해 와?

그건 아니다.

그다음에는 이 변경의 좌표를 아는 집단, 그러니까 교단을 떠올렸는데 이것도 좀 애매했다. 만약 내가 지금 있는 이곳의 정확한 좌표를 안다면 난 진즉 교단의 세력에 휩쓸려 죽었을 테니까.

안젤라와 키르드가 동시에 모습을 감추자마자 추적이 멈췄다는 점에서, 목표는 내가 아니라는 건 쉬이 깨달을 수 있다.

교단이라면 안젤라의 능력과 특기, 그리고 강력함에 대해 잘 알 테니 처음부터 쥬디케이터급의 폭격을 퍼부었겠지만 이들은 그러지 않았다. 꽤 마력이 올랐다지만 그래도 일반 스킬에 불과한 내 포격에 섬멸당할 정도였으니.

"뭔가 있어."

내가 모르는 뭔가가 있다. 그냥 이대로 무시하는 것도 방법이겠지만, 나는 조금 더 진취적인 방법을 취하기로 마음먹었다.

"가봐야겠군."

내가 포격을 퍼부은 곳, 그러니까 그림자 기사단의 시체로부터 뭔가 얻을 수 있을지도 모른다. 정보를 얻는 것이 주목표지만, 덤으로 전리품도 얻을 수 있다면 좋고. 겸사겸사 한번 가보도록 하자.

＊   ＊   ＊

그리고 나는 계약서를 발견했다.

그림자 기사단은 말 그대로 시체를 남기지 않고 증발해 버렸다. 내가 자제심 없이 포격을 남발한 탓일지도 모르지만, 원래부터 시체를 남기지 않는 놈들인지도 모른다.

전리품은 기대할 수 없어 낙담하던 차에, 주변을 나풀거리는 종이 한 장.

명백하게 물리법칙을 무시하는 그 종이, 정확하게는 양피지가 눈에 확 들어왔다.

그 양피지가 바로 계약서였다.

원래대로라면 그 내용을 알아볼 수 없어야 정상일지 모르

지만, 내 [모든 인류의 뿌리] 특성 덕인지 나는 계약서를 읽을
수 있게 되었다.

"와, 로제펠트 이 새끼."

찬찬히 계약서의 내용을 읽어본 나는 후회하게 되었다.

"그냥 죽였으면 안 됐었네."

계약서의 주체는 로제펠트로, 그가 어떤 악마 백작과 맺은
계약이었다.

로제펠트는 제물로 희생시킨 무고한 소년의 영혼을 악마에
게 팔아넘기는 대신 악마는 그에게 누구에게도 들키지 않을
은신처와 필요한 물자를 보급해 준다. 이것이 주요 골자였다.

고귀한 혈통의 무고한 소년들을 계속 납치하고 그 소년을
제물 삼아 사람을 끊임없이 죽이고 다녀 다양한 세력의 분노
와 증오를 샀으면서도, 로제펠트가 그 어느 세력에게도 붙잡
히지 않고 돌아다닐 수 있는 이유가 이 계약 덕이었던 셈이다.

로제펠트는 자기가 납치하고 세뇌한 소년을 영혼까지 쪽쪽
빨아먹고 있던 셈이다.

나머지 내용은 영혼마다의 가치를 어떻게 산정하고 어느
정도의 보급 물량을 받을 수 있는지, 계약을 어길 시에 어떻
게 되는지 같은 잡다한 내용이었지만, 그걸 읽는 동안에도 머
리에 열이 올라와 미칠 지경이었다.

사람의 영혼을 물건, 그것도 식량 취급하는 계약서의 어조
가 나로 하여금 분노를 금치 못하게 만들었다. 무슨 생산자

계약처럼, 로제펠트는 1년에 일정 이상의 영혼을 생산해야 한다는 문구에선 너무 어이가 없어 차라리 웃음이 나올 정도였다.

이걸로 끝이 아니었다. 로제펠트는 자신이 죽었을 경우 자신이 소유하고 있던 모든 소년들의 영혼은 자동적으로 악마 백작에게 귀속된다는 계약 조항에까지 서명해 놓았다. 이 조항의 선금 삼아 로제펠트는 은신처와 납치한 소년을 세뇌시키는 스킬을 얻었다는 것도 알 수 있었다.

상식적으로 로제펠트가 죽음으로써 이 계약은 무효가 되어야 정상이지만, 법이라고는 시스템과 스킬이 전부인 이 세상에선 상식 같은 건 쉬이 무시되게 마련이고 이 계약 또한 그 범주에 속했다.

그러니 이 계약서는 여전히 유효했다.

각각의 계약서에는 계약의 대상이 된 소년의 영혼을 추적하는 기능이 붙어 있었다.

여기서 계약의 대상이란 키르드였다.

키르드가 안젤라의 특성 안에 숨자마자 추적이 멈췄던 건 그런 이유에서였다. 역산하자면 그림자 기사단이 이 변경 차원까지 추적해 올 수 있었던 건 이 계약서 덕이었다는 이야기밖에 되지 않는다.

더군다나 그림자 기사단의 배후에 악마들이 도사리고 있음 또한 쉬이 추측이 가능했다.

"하! 진짜로 악마를 상대하게 되다니."

곤란함보다는 이 증오스럽기 짝이 없는 존재들에 대한 분노가 앞섰다. 그러나 분노를 터뜨리는 것도 힘이 있어야 가능하다. 나는 금방 냉정을 되찾았다.

"그럼 이 계약서만 폐기하면 악마들의 추적을 회피할 수 있단 건가?"

그림자 기사단만 계속 보내준다면야 나로선 환영이지만, 그럴 가능성은 낮아보였다. 악마들이 호구도 아니고. 다음에는 더 강력한 권속을 보내거나 악마 본신이 나타나겠지.

역시 폐기하는 게 맞는 것 같다, 고 나도 생각은 했다.

계약서에 달려 있는 거래 불가, 폐기 불가 옵션을 보기 전까지는.

아, 이 옵션 본 적 있다.

튜토리얼에서 빠져나오기 전 아직 [???]였을 때의 레벨 업 마스터가 이랬었지.

하긴 이런 최소한의 대책도 세우지 않은 채 이런 약한 그림자 기사단으로 하여금 계약서를 뒤쫓게 하진 않았겠지.

"그럼… 어쩐다?"

내가 고민에 빠져 있을 때였다.

"……!"

직감이 반응했다.

"…생각보다 빨리 왔군."

다음 추적자가 찾아왔다.

분노를 간신히 꺼뜨리긴 했지만, 그 분노가 흔적도 없이 사라진 건 아니다. 내겐 화풀이 대상이 필요했다. 그런 의미에선 꽤나 타이밍이 좋은 습격인 셈이다.

[동시 방열]

나는 12문의 [천자총통]을 방열했다. C랭크였을 땐 5문까지밖에 동시 방열을 못했지만, 그림자 기사단을 잡으며 S랭크까지 올린 지금은 12문을 동시에 방열할 수 있게 되었다. 당연히 동시사격도 12문까지 가능하다.

그리고 오른손에는 [진리의 검], 왼손에는 [바즈라다라의 바즈라]를 들었다.

"자, 와라."

찢어발겨 주마.

＊　　　　＊　　　　＊

악마 남작 뤼펠은 다른 두 악마 남작 몰래 악마성에 대기시켜 두었던 그의 권속, [말로 표현할 수 없는 공포]를 풀어놓았다. 이 한 마리가 [그림자 기사단] 전체보다 두 배쯤은 강하고 빠르니, 임무 수행에는 별문제가 없을 터였다.

"계약서를 되찾아 와라."

그림자 기사단을 전멸시킨 정체불명의 적이 신경 쓰이기는 했지만, 일단은 계약서를 되찾는 게 먼저라 판단했기에 그렇게 명령을 내린 바였다. 계약서는 그의 상급자인 악마 백작이 임무에 필요하리라고 넘겨준 것이었다. 잃어버렸다는 변명은 통하지 않을 것이다.

게다가 임무의 내용도 내용이다. [말로 표현할 수 없는 공포]는 기본적으로 투명한 데다, 자신을 본 이의 인지능력을 저하시키는 스킬까지 갖고 있어서 이 간단한 임무를 더욱 쉽게 해낼 수 있으리라.

그렇게 일을 처리한 후, 한시름 놓고 다시 만찬을 즐기던 뤼펠이었지만…….

"……!"

[말로 표현할 수 없는 공포]가 소멸되었다는 신호에 만큼은 더 이상 동요를 숨길 수 없게 되었다.

"혀, 형님?"

"괜찮으십니까, 큰 형님?"

다른 두 악마 남작이 뤼펠을 걱정하듯 안색을 살폈다.

아니, 사실상 눈치를 본 것이다.

이번 실패로 인해 또 권속을 잃게 된 뤼펠은 충분히 약해졌다. 이 두 악마가 협공해 오면 상처 없이 대응하기 힘들 정도로. 그야 그렇다. 둘 다 뤼펠과 같은 악마 남작이다. 남작이라고 다 같은 남작은 아니지만, 어쨌든 같은 남작이기야 하다.

"그래……."

뤼펠은 긴 한숨을 내쉬었다.

"이번이 마지막 기회야."

그의 날카롭고 긴 어금니가 빛을 발했다.

"처음부터 이러는 게 나았는데 말이지."

두 악마가 협공해 오면 상처 없이 제압하기 힘들다.

그 말인즉슨, 1 : 1 상황을 만들 수만 있다면 쉬이 제압할 수 있다는 뜻이다.

퍼억.

작은 동생의 목이 날았다.

"혀, 형님?!"

퍼억.

뤼펠은 남은 다른 한 놈의 목을 마저 날렸다.

"혀, 형님? 푸핫!"

뤼펠은 방금 전에 죽인 놈의 말투를 따라 하며 비웃었다.

이미 한 놈이 죽었는데도 바로 덤벼들지 않다니, 사태 파악이 늦는 놈이다.

이곳은 변경, 그것도 교단의 영역이다. 여기서 일어나는 일은 아무도 모른다. 아무도…….

"하하하, 하하!"

악마들의 사회에서 가장 금기시되는 행위는 바로 같은 악마를 포식하는 것이다.

그러나 처음 악마들이 태어나 막 성장을 시작했을 때는 이런 금기는 존재하지 않았다. 그 태초의 때에 악마가 서로 잡아먹고 먹히는 것은 당연한 축에 속했다. 당연하다 뿐일까, 오히려 적극적으로 강한 악마는 약한 악마를 찾아 죽이고 그 심장을 꺼내어 먹었다.

왜냐하면 그것이 악마가 강해지는 가장 편하고 빠르고 효율적인 방법이었기 때문이다.

그런데 지금은 왜 그 방법이 금기로 지정되었는가?

"사다리 걷어차기지."

뤼펠은 생각했다.

"높으신 분들이 생각하시기에… 이상한 놈이 약한 놈들 잡아먹고 자기보다 강해지면 곤란하다 여기신 거지."

현대에 들어와 악마들의 사회는 매우 체계적인 조직을 이루게 되었다. 그러면서 약육강식보다는 상명하복이 더 중시되고 강조되는 풍조를 띠게 되었다. 혼돈의 시기가 끝나고 악마들의 사회에도 질서가 자리 잡았다.

악마답지 않은 일이다.

"하지만 나는 악마지."

뤼펠은 두 동생, 아니, 피식자들의 심장을 양손에 들었다. '쿡쿡쿡' 웃던 그는 망설임 없이 심장을 입에 가져가, 게걸스럽게 먹어 치우기 시작했다.

같은 남작급을 포식할 기회는 흔치 않다. 그러나 오랜 평화와 질서에 찌든 탓일까, 두 악마 남작은 뤼펠의 기습에 쉽게 당해주었고 그에게 심장을 넘겨주었다.

보통의 경우 1+1+1은 3이겠지만, 악마의 포식은 그와 다르다. 약한 놈을 아무리 먹어봐야 별로 강해지지 않지만, 자신과 동격의 악마를 포식한다면?

쿠그그그그……

뤼펠에게서 흘러나오던 마기가 급격히 강해지기 시작했다. 이전의 두 배, 세 배. 아니, 아홉 배는 더 강력한 마기였다.

"후하하하! 이 정도면 자작급! 아니, 어쩌면 백작급은 될지도 모르겠는데?!"

안타깝게도 그것은 뤼펠의 착각이었다. 자작급은 몰라도 백작급은 지금의 뤼펠보다 두 배는 더 강력하니까. 그러나 그런 헛소리를 지껄이게 만들 정도로 지금 뤼펠은 고양감에 취해 있었다.

"자, 그럼 이제……. 어쩐다?"

고양감에서 벗어나자마자 뤼펠은 허무감에 시달리기 시작했다.

그도 그럴 만했다. 지금의 뤼펠을 보면 누구든 그가 금기를 범했음을 쉬이 알 수 있을 정도로 변모해 버리고 말았다. 온몸에 흘러넘치는 마기. 이걸 보고도 누가 그를 고작 남작급으로 볼까?

설령 임무를 성공적으로 마쳤다 한들, 그가 악마들의 사회에서 지탄을 받을 것은 불을 보듯 뻔했다. 어쩌면 탄핵당해 작위를 빼앗길지도 모르고, 잘못하면 사형당할 수도 있었다.

스스로도 인정할 수밖에 없었다. 이번 일은 너무 충동적으로 저질렀다.

더 좋은 방법이 있었을까? 그야 있었다. 두 악마에게 사정을 설명하고 협력을 얻는 것이 그것이었다. 그랬다면 모든 것이 평화롭고 순조롭게 해결되었을 것이다.

"그건 악마적이지 않지."

그랬다간 악마 군주의 자존심이 구겨지지 않는가. 악마 군주에게 있어 자존심은 목숨보다 중요하다. 뤼펠 자신의 목숨이 아니라, 다른 두 악마의 목숨보다 중요하다는 의미지만.

어쨌든 앞뒤 생각하지 않고 충동적으로 움직인 것도 사실이고, 그래서 이제 어떻게 하느냐에 대한 답이 딱히 떠오르지 않는 것도 문제였다.

"아, 그랬지."

끙끙거리던 뤼펠은 뒤늦게 자신이 지금 수행하고 있는 임무의 성격에 대해 깨달았다. 그는 상급자의 명을 받아 키르드 하워드의 영혼을 수확하러 온 것이다.

그리고 키르드 하워드에게는 현상금이 걸려 있다.

"내가 키르드 하워드를 회수해서 그놈을 연줄로 인류연맹에라도 망명해야겠군."

인류연맹은 만마전과도 전쟁 중이고, 설령 그렇지 않았더라도 인류 종족 사이에서 악마가 환영받진 않겠지만 그거야 별로 중요하지 않은 일이다. 놈들은 미약하기 그지없는 세력이고, 악마 자작을 초월하는 힘을 지닌 뤼펠을 무조건 배척하고 들 수는 없을 테니까.

그래도 아무런 보험 없이 인류연맹의 경계에 모습을 드러냈다간 일단 덮어놓고 공격부터 받을지도 몰랐다. 그런 의미에서 키르드 하워드는 좋은 방패가 되어줄 것이다.

"꼭 확보해야겠어."

뤼펠은 악마성을 접었다. 더 이상 권속들을 보내 '군주처럼' 일을 처리할 생각은 없었다. 애초에 인류연맹에 망명하게 되면 그는 더 이상 악마 군주도 아니었다.

일단은 계약서부터 회수하는 게 먼저였다. 그다음, 자신의 일을 방해한 그 인류연맹의 대영웅인지 뭔지를 처치하고 키르드 하워드를 확보한다.

"좋아! 완벽해!!"

스스로도 완벽하게 계획을 꾸몄다고 만족한 뤼펠은 곧장 하늘로 날아올랐다.

* * *

계약서를 노리고 날 습격해 온 [말로 표현할 수 없는 공포]는 내게 쏠쏠한 이득을 가져다주었다. 걸려 있는 패시브 스킬도 많았고, 악마의 권속인 주제에 유니크급 스킬을 활용해서 날 노렸기 때문이었다.

물론 일일이 반격 스킬을 써서 다 채취했다. 비록 사용에 전용 자원인 마기를 필요로 했기 때문에 내가 직접적으로 활용할 수 있는 스킬은 없었지만 그래도 괜찮았다. 내겐 스킬 분해가 있으니까.

꽤 강하긴 했지만 그 강함이 은신과 은밀 기동, 그리고 암살에 편중되어 있었고 일단은 악마로 분류되었던지라 상성상 내가 일방적으로 우위에 놓일 수 있었던 것도 좋았다.

나는 직감이 높고 간파 계열 스킬을 많이 가져서 투명체 탐지 능력이나 기습에 대처가 쉬웠으니까. 더욱이 새로 얻은 장비품들에 달린 항마력 옵션 또한 악마를 상대하는 데 큰 도움이 되었다.

"이런 식으로 계속 권속만 보내주면 정말 꿀인데."

나는 계약서를 들어 팔랑거리며 쓴웃음을 지었다.

"그럴 리 없겠지."

상황이 이렇게 됐으니, 이제는 악마가 직접 나타나도 이상할 게 없었다.

크리스티나의 말에 의하면 [말로 표현할 수 없는 공포]는 악마가 이 지역에 찾아왔다는 부정할 수 없는 근거라고 한다. 악마에게 있어서도 중요한 권속이니만큼 곁에 두고 부리는 게 보통이라나.

뭐, 그 이전에 이 계약서가 악마의 존재를 증명해 주고 있지만 말이다.

나쁜 예감은 언제나 빗나가질 않는다. 어째 항마력 높은 아이템들이 손에 굴러들어 온다 했더니만, 교단 다음에는 만마전의 악마가 찾아올 줄이야.

"이제 도망쳐야지."

[말로 표현할 수 없는 공포] 정도로 강력한 권속을 부리는 악마다. 아무리 내 온몸을 항마력 아이템으로 도배해도 쉽게 이길 수 있을 리가 없다. 목숨이나 건지면 다행이지.

나는 계약서를 인벤토리에 집어넣었다. 그리고 곧장 안젤라에게 전화를 걸었다.

"어디 있어? 아, 원래 있던 데 있어? 잘했어."

계약서의 추적 능력은 대단하지만, 안젤라의 특기 안에 숨은 이까지 찾을 수 있을 정도로 대단하지는 않다. 그리고 이 계약서를 들고 온 악마는 그럴 필요가 있기에 계약서를 가져왔을 터였다. 즉, 계약서보다 추적 능력이 대단하진 않을 터였다.

그럼 답은 나왔다.

"내가 계약서 들고 숨으면 끝이지."

악마의 목적은 키르드의 확보. 그러니 광역 공격을 마구 남발하지는 않을 거라고 봤다. 안젤라의 특기가 지닌 몇 안 되는 약점이 광역 공격이었으니, 이걸로 악마를 따돌릴 수 있을 터였다.

"도망쳐야 한다는 건 맘에 안 들지만, 뭐 어쩔 수 없지."

약할 땐 도망치고 강할 땐 공격한다. 병법의 기본 아니던가. 나는 곧장 안젤라와 합류하고, 그녀의 은신처에 함께 숨었다.

"이게 네 [인지의 지평선]인가."

"좁고 답답하죠?"

[인지의 지평선] 안에 들어왔더니, 빛이 뭔가에 가려진 것처럼, 모든 것이 흐리고 어두컴컴하게 보인다. 그런 환경이 주변 10m 반경 정도로 펼쳐져 있고, 바깥은 훨씬 짙은 어둠이 드리워져 있다.

"네가 그렇게 말해서 각오는 하고 왔는데, 상상보단 덜한 걸."

관 안에 갇힌 느낌이리라고 멋대로 상상하고 왔는데, 그거보다야 넓고 쾌적하다. 그늘이라 그런지 온도도 바깥보다 선선하고 말이다. 대신 좀 축축하긴 하지만 참을 만하다.

"이 영역의 중심은 너로군. 네가 움직이면 같이 움직이는 거겠지?"

"그것도 되고요."

의외의 대답이 돌아왔다.

"그것도 된다는 건… 다른 것도 된다는 거야?"

"네."

"뭐?! 그럼 설마 영역을 설정하고 너 혼자 움직일 수도 있단 소리야?"

혹시나 해서 물어봤더니, 안젤라는 냉큼 고개를 끄덕였다.

"오래 지속은 못하지만요."

"얼마나?!"

"영역을 최대한 줄이면 사흘 정도?"

"충분히 길잖아!"

나는 희희낙락했다. 이 영역에 며칠씩 은거하고 있을 셈이었는데, 안젤라에게 그런 능력이 있다면 이 자리에 숨어만 있을 필요도 없다.

"최대한 줄여."

나는 곧장 안젤라에게 명령했다. 그러자 우리 넷이 다 못 있을 정도로 영역이 좁아졌다.

"더 작게 가능해?"

"그럼 우리도 나가야 되는데요."

"너희 셋은 나가도 돼."

나는 계약서를 꺼내다 [인지의 지평선] 영역의 중앙에 파묻었다. 그리고 나까지도 영역에서 벗어났다.

"이걸로 됐어."

"뭐 하신 거예요?"

"키르드를 추적하는 도구… 악마의 계약서를 저 안에 파묻고 왔어."

나는 흐뭇하게 웃었다.

"이걸로 사흘간은 안전할 거야."

"이 정도 크기면 일주일은 가능할 걸요. 계약서만 숨길 정도로 작게 만들면 더 갈 거고요."

내 혼잣말에 안젤라가 끼어들어 말했다. 그런데… 왜 말이 바뀌지?

"최대한 사흘이라며?"

"사람 네 명이 숨어 있을 크기라면요. 전 우리가 숨어 있을 줄 알았죠. 그리고 때가 될 때마다 추가로 연장시킬 수도 있어요. 제가 주변에 있으면요."

더 이상 왜 말을 바꾸냐며 따지고 들 마음은 들지 않았다. 흡족했기 때문이다.

"아마 연장할 필요는 없을 거야. 위험하기도 하고."

어쨌든 그림자 기사단은 계약서가 날아가는 방향을 따라 날아왔을 것이다. 계약서의 이동경로를 선으로 그으면, 그 선의 연장선상도 어느 정도 위험이 있다고 보는 게 맞았다.

그러니 아무리 계약서를 숨겼다지만, 우리도 여길 떠야 한다.

"이렇게 된 이상 판을 키우자."

Chapter 2

"판을 키우신다고요?"

안젤라의 말에 나는 고개를 끄덕이며 되물었다.

"안젤라, 교단은 악마들과 적대하는 거 맞지?"

"그럼요. 오히려 악마들이 주적이죠. 사실 교단 입장에서 보자면 인류연맹은 신경 쓸 필요도 없는 존재예요."

안젤라의 입에서 크리스티나에게 말해주면 낙담할 만한 대답이 나왔지만, 나는 무시했다. 중요한 건 그 부분이 아니라 그보다 앞부분이었으니까.

"그럼 판을 키워도 되겠군."

"뭐 하시려고 그러시는 거예요?"

안젤라가 흥미로운 듯 눈을 반짝였다. 숨길 일도 아니기에, 나는 곧장 대꾸해 주었다.

"이 지역의 필드 보스를 정리한다."

그런 내 말에 안젤라는 깜짝 놀랐다.

"네? 그럼 교단의 끄나풀이 날아올 텐데요?"

"맞아, 그걸 노리는 거야."

내 대꾸를 듣자마자 안젤라의 눈이 요요하게 빛났다.

"아하, 교단의 끄나풀과 악마를 싸움 붙이시려고요?"

역시 눈치도 빠르고 머리도 좋군. 인생게임에 사흘 내내 졌다고 어린애처럼 엉엉 울던 모습은 이젠 기억이 안 날 정도다. 아니, 사실 너무 인상적이어서 영원히 못 잊을 것 같지만 그냥 기억 안 나는 걸로 해두자.

"위험 부담은 있겠지만 말이지."

"재밌겠네요!"

내 계획을 들은 안젤라는 손뼉까지 치며 좋아했다. 이런 반응이라니, 그래도 한때 교단 소속이었다는 게 믿어지지 않을 정도다.

"최상의 스토리는 둘이 싸워서 공멸하면 우리가 막타 쳐서 주워 먹는 거고."

"아니더라도 숨어 있다가 그냥 도망치면 되겠네요!"

"그렇지!!"

안젤라와 나는 같이 배를 잡고 웃었다. 케이는 그런 우리

곁에 조용히 서서, 키르드의 귀를 양손으로 막아주고 있었다.

*   *   *

뤼펠은 계약서의 신호가 끊어진 걸 느꼈다.

"뭐야?"

그는 당황했다. 계약서가 없어지면 키르드 하워드를 무슨 수로 찾아서 확보한단 말인가?

대체 계약서를 어디다 어떻게 숨겨야 이렇게 감쪽같이 신호가 끊어지는 건진 모르겠지만, 누가 이런 짓을 했는지는 명확했다.

적이었다. 인류연맹의 대영웅이라는 자. 로제? 로자? 뭐 어쨌든 로 뭐시기 하는 이름의 범죄자를 잡아 죽이고 악마의 소유물인 키르드라는 소년을 편취한 작자.

인류연맹 같은 약소 조직의 대영웅이라고 해봐야 별것 아니겠지만, 그렇다고 너무 무시해서는 안 된다. 아마도 그림자 기사단과 [말로 표현할 수 없는 공포]도 놈이 처치했을 터였으니.

그렇다고 뤼펠 자신과 비견될 만한 존재는 아닐 테지만, 문제는 놈이 계약서를 숨기고 자신도 모습을 감출 줄 아는 수단을 지녔다는 점이다.

"쳇! 쥐새끼도 쥐새끼 나름의 재주가 있군. 서둘러야겠어."

그래도 다행히 계약서가 마지막으로 신호를 남긴 장소는 뤼펠의 머릿속에 남아 있었다. 일단은 그곳으로 가보는 게 제일 낫겠다 싶어, 그는 바로 움직이기로 했다.

피융!

뤼펠은 총알보다도, 포탄보다도 빠른 속도로 그 장소로 향했다. 그러나 이미 때는 늦어, 그 자리에는 아무것도 없었다. 계약서도, 그의 적도 말이다.

"젠장! 어디냐아아아아!!"

뤼펠의 분노에 반응해 끓어오른 마기가 주변을 온통 휘저어 댔다. 그 탓에 산이 절반쯤 날아갔지만, 그거야 그가 알 바는 아니었다.

만년설은 녹고 흙은 날아가 흩어지고 바위는 녹아 용암이 되어 흐르는 것을 보고, 뤼펠은 문득 분노를 멈추고 그 광경을 감상했다.

"마치 지옥 같군."

스킬도 안 쓰고 마기만으로 이 정도의 지옥도를 연출해 내다니. 이전에는 불가능했던 일이다.

"내가 강해지긴 강해졌어."

스스로가 만든 광경에 흡족해하는 것도 잠시였다. 그는 다시금 암담함을 느꼈다.

"아, 미치겠네. 이제 어쩌지?"

뤼펠은 한참을 끙끙댔다.

아무리 생각해도 뾰족한 수가 떠오르지 않자, 뤼펠은 그냥 그 자리에 주저앉아 버렸다. 자연스럽게 그의 시야에는 그가 만든 지옥도가 펼쳐져 있었다.

"아, 그랬지."

이 세계는 교단의 영역이다. 하지만, 이유는 모르겠지만 이번 임무를 수행하기 전까지 교단의 간섭은 없을 거라는 이야기 또한 들었다. 윗선이랑 교단 고위직이 어떻게 엮여서 그런 결과가 나왔는지는 모르겠지만······.

"내가 무슨 짓을 해도 교단은 손을 뻗치지 않는다는 뜻이지?"

그리고 윗선에서도 자신이 보고하기 전까지는 개입이 없을 것이다. 물론 지나치게 임무 기간이 길어지면 연락이 오기야 하겠지만······.

크크크큭, 하는 웃음소리가 새어 나왔다.

"좋은 생각이 떠올랐다. 실로 악마적인 생각이······."

그것은 분명 키르드 하워드를 확보해 인류연맹으로 망명한다는 악마답지 못한 발상보다는 훨씬 더 악마적인 아이디어였다.

*　　　*　　　*

"와, 저거 뭐야? 너무 센데?"

이 강렬한 직감의 반응. 계약서를 이 세계에 들여온 바로 그 악마가 틀림없었다.

원래 숨어 있던 장소에서 이미 수십 킬로미터를 이동한 후였음에도 불구하고, 아마도 그 자리에 도달했을 악마가 내뿜는 기세는 여기에까지 느껴졌다.

"저건 절대 못 이겨."

찌릿찌릿한 직감의 반응으로 보아, 저 악마는 나보다 최소한 세 배 이상은 강하다. 두 배 차이만 돼도 요행을 바라야 할 정돈데, 세 배라면 절망적일 정도다. 아무리 상대가 방심해도 이도 안 박힐 게 빤했다.

"도망치길 정말 잘했다."

나는 다시금 과거의 내가 제대로 된 선택을 했음을 다행으로 여겼다.

"…음?"

그런데 악마의 반응이 이상했다. 한번 크게 날뛴 후, 어째선지 그 자리에서 움직이지 않게 된 것이 그것이었다.

그 직후, 나는 경악했다.

"뭐야? 저쪽 하늘만 왜 저래?"

킬리만자로처럼 생긴 산이 있던 곳의 하늘이 시커멓게 변했다. 해가 쨍쨍한 대낮임에도 불구하고, 구름 한 점 껴 있지 않음에도! 저기만 밤이 찾아온 것처럼… 아니지. 달은커녕 별조차 보이지 않으니 저것을 밤하늘이라 부를 수는 없었다.

변한 것은 그것뿐만이 아니다. 직감으로 느껴지는 악마의
강함이 아까보다도 훨씬 더 강력해진 게 아닌가?!

"뭐야, 저건!"

*   *   *

―마계화네요.

모르는 게 있으면 물어라. 그 오래된 격언에 따라 레벨 업
마스터를 꺼내 크리스티나에게 물어봤더니 그런 대답이 돌아
왔다.

"마계화?"

―악마 군주 이상급만 사용할 수 있는 능력이에요. 자기 주
변의 환경을 악마의 영역인 마계로 바꾸는 거죠.

"그럼 뭐가 좋은데?"

그런 내 질문에 대한 크리스티나의 대답은 간결했다.

―마계를 연 악마는 자신의 마계 안에서 훨씬 더 강력한 힘
을 행사할 수 있게 돼요. 그리고 마계가 세계를 침식할수록
그 힘은 더해가죠. 침식한 세계의 힘을 자신의 마기로 변환해
집어삼키거든요.

저기서 더?

나는 암담한 기분이 들었다.

"어쭙잖은 인퀴지터 따위가 저 마왕을 이길 수 있을 것 같

지 않은데······."

내 안에서 악마가 마왕으로 격상했다.

인퀴지터는 고사하고 인스펙터나 쥬디케이터도 무리다. 어포슬 둘 정도는 데려와야 어떻게든 되겠는데? 하지만 고작 이 지역의 필드 보스를 잡는다고 어포슬이 둘이나 튀어나올까?

아니라고 본다.

악마와 교단의 끄나풀을 싸움 붙이는 계획은 폐기할 수밖에 없어 보였다.

"아무래도 계획을 처음부터 다시 짜는 게 좋을지도 모르겠다."

─무슨 계획이요?

크리스티나는 호기심 어린 눈으로 날 쳐다보며 물었다.

"사실은······."

나는 내 계획에 대해 설명했다.

─그거라면 방법이 있어요.

"방법이 있다고?"

기대도 안 했는데, 아무래도 크리스티나에게 계책이 있는 모양이었다.

"어디 한번 들어보자."

들어서 손해 볼 건 없다. 그냥 일주일 동안 계약서를 숨겨 둔 채 다가올 파멸을 어떻게 하지도 못하고 벌벌 떠는 것보다는 훨씬 나을 터였다.

　　　　*　　　　*　　　　*

"크크큭……. 역시 나는 머리가 좋아."

악마 군주 뤼펠은 만족스럽게 웃었다.

꽤 많은 마기를 소모하긴 했지만, 마계를 열고 악마성을 세우자 곧장 그의 힘이 차오르기 시작했다. 이대로 시간이 흐르기만 하면 주변의 공간도 마계로 잠식될 것이고, 그만큼 그의 지배 영역 또한 늘어나며 힘이 쌓이는 속도 또한 급속하게 늘어날 것이다.

"이 세계는 아주 신선하군! 맛이 좋아!!"

악마 군주는 마계를 여는 것만으로 힘을 키울 수 있다. 그러나 이는 세계의 힘을 빨아먹는 행위이다. 이런 식으로 마계에 침식당한 세계는 수명을 갉아 먹혀 머지않아 파멸로 향하게 마련이다. 그러므로 각 세계는 악마 군주가 마계를 여는 행위를 어떻게든 저지하려고 한다.

그러나 이 세계는 이미 교단의 것이며, 그 교단이 뤼펠의 행동을 묵인하기로 약속했다. 그 덕에 악마 남작에 불과한 뤼펠이 아무런 방해도 저항도 없이 마계를 열 수 있었다.

물론 윗선에서는 이런 행위를 엄격히 금하고 있었다. 허가 없이 마계를 여는 건 중죄다.

하지만 그게 무슨 상관이란 말인가? 뤼펠은 이미 동격의 악마를 둘이나 잡아먹는 금기를 저질렀다. 여기에 금기 하나 더한들 아무 상관 없었다. 사실 상관이 있었지만 뤼펠은 그렇게 생각하고 있었다.

"이 세계를 갉아먹고 실컷 강해지고 나면 그 누구도 내게 감히 맞서지 못하리라!"

뤼펠의 야망이 지옥불처럼 타오르고 있었다.

                    *   *   *

이진혁이 체재 중인 세계에서 멀리 떨어진 차원.

허름한 오두막의 남자는 지지직거리는 브라운관 TV를 들여다보고 있었다.

"모든 게 다 예상대로군."

남자는 심드렁하니 중얼거렸다.

"악마들이 그렇지, 뭐."

세 악마 남작 중 가장 강한 자가 다른 둘을 먹어 치우고, 버려진 세계에 마계를 열어 스스로를 강화한다. 거의 공식에 가까운 전개였다.

"역시 악마는 재미없어. 예상대로만 움직이거든. 변수가 없어. 그렇기에 저들에게는 세계를 혁명할 힘이 없지."

남자는 씹어뱉듯 중얼거렸다. 그러나 그것이 길지는 않았다.

지지지직.

브라운관 TV의 화면에서 화이트 노이즈가 흘러나왔다.

"이건 또 이러네."

남자는 브라운관 TV를 두들겼다.

흑백 TV의 화면이 다시 나오기 시작했다.

"역시 기계는 패야 말을 듣는군."

남자의 입가에 가벼운 호선이 그려졌다.

"어쨌든 이로써 스테이지는 마련된 셈. 지켜보겠어."

*   *   *

크리스티나의 계책이란 다음과 같았다.

─악마 군주가 가장 취약한 타이밍은 마계를 연 직후입니
다. 본신의 마기를 소진시켜서 여는 것이기 때문에 그렇죠.

"저렇게 강해 보이는데?"

─자신이 연 마계 안에 있는 악마 군주는 지형 보너스를 받
아서 몇 배의 힘을 발휘하기 때문에 강해 보일 수밖에 없죠.
하지만 저 악마 군주 본신의 힘은 절반 미만 수준으로 내려간
상태예요.

"아하."

그제야 나도 크리스티나가 말하려는 바를 어느 정도 눈치
챌 수 있게 되었다.

"어떻게든 저 악마 군주를 마계 밖으로 끌어내면 그나마 상대하기 편해진다는 소리로군."

—맞아요! 그런데 그게 쉬운 일은 아니죠.

언제나 그렇듯 '어떻게든'이 문제다.

"방법이 있나?"

나도 한 가지 계책을 떠올렸지만, 별로 좋은 방법 같지는 않았다. 혹시 더 좋은 방법이 없을까 생각해서 크리스티나에게 물어봤더니 그녀는 이런 책략을 헌책해 왔다.

—악마는 강력한 존재지만 그만큼 약점이 많아요.

악덕으로 똘똘 뭉친 존재. 그것이 바로 악마다. 그렇기에 탐욕이 심하지 않은 악마는 없다. 더 정확히는, 탐욕을 배신할 줄 모른다.

실제로는 대단히 교활한 존재가 악마지만, 때때로 우둔해 보이는 것이 이런 이유다.

—탐욕뿐만이 아니에요. 놈들은 하나같이 교만하고, 화를 참지 못하고, 나태하죠. 다른 악덕들도 있지만 지금 중요한 건 아니니 넘어가고요.

대충 알겠다. 알겠지만 크리스티나의 이야기가 완전히 끝날 때까지 기다리자.

—그리고 대영웅님께선 저 악마가 탐낼 만한 물건을 갖고 계시죠.

*　　　　*　　　　*

[욕망의 독(Pot of Desire)]
―분류: 항아리
―등급: 전설(Legend)
―내구도: 666/666
―옵션: [욕망의 구현화]―내구도를 6 소모하여 원하는 마구니를 한 개체 불러낸다. 마구니는 소유자의 욕망을 완전히 구현해 낸 이상적인 존재로서 나타난다. 욕망의 독에 의해 불러온 마구니는 하룻밤 동안 체재할 수 있다. 밤, 혹은 밤으로 여겨지는 시간대에만 사용이 가능하다.

―어지간한 악마는 이 아이템을 보여주기만 해도 갖고 싶어서 안달이 날 걸요.

그야 그렇겠지. 이 아이템이 자극하는 욕망은 단순한 탐욕이 아닐 테니까.

딱 봐도 날 홀리려는 의도가 너무 빤히 보이는 아이템이라 내겐 쓸모없다고 여겼는데, 갑자기 쓸모가 생겼다.

"그리고 이것도."

[마라 파피야스의 오금 뼈]
―분류: 뼈

—등급: 전설(Legend)

—내구도: 666/666

—옵션: 내구도를 소모해 [마라 파피야스의 뼛가루]를 만들어낼 수 있다. [마라 파피야스의 뼛가루]를 점막으로 흡수하면 기분이 좋아진다.

마구니 동맹이라는 놈들이 뭐하는 놈들인지는 몰라도 진짜 너무 작정하고 보상을 준 것 같다. 이걸 과연 보상이라고 할 수 있을까 하는 생각이 들 정도로. 크리스티나의 말에 따르면 이것도 비싸게 팔린다고는 하지만, 인류연맹으로의 유통은 자제해 달라는 요청도 함께 들었다.

—차라리 돈으로 달라고 했는데 거절당했어요. 그래서 없는 것보다는 낫다고 생각해서 일단 받아 오긴 했는데.

그렇다면야 뭐, 악마를 꼬여낼 미끼로 쓰는 게 오히려 정답일 테지.

—네, 그것도 아주 좋아하면서 가져가려고 할 거예요.

"하지만 크리스티나, 이것만으로는 부족해."

내 지적에 크리스티나는 곧장 고개를 끄덕이며 공감을 표시했다.

—그렇죠. 이것만 들고 마계로 내빼 버리면 답이 없으니까요.

"그러면?"

—탐욕은 자극할 방법이 있으니, 이제는 교만과 분노를 자극해야죠.

"…교만과 분노인가."

역시 악마. 강력한 만큼 약점이 많군. 주로 인격적인 약점이.

교만한 악마는 도전자가 자신보다 강할 거라고 생각하지 않을 거고, 분노한 악마는 싸움을 피하지 않을 것이다. 그러니 악마 앞에서 약한 척을 하고, 도발을 해 화를 내게 만들면 모든 조건이 충족된다.

설득력이 있는 계책이다. 하지만 문제가 있었다.

"그럼 이제 문제는 하나뿐이군."

—뭔데요?

"마계를 펼친 직후의 악마는 평소보다 절반의 힘도 못 끌어낸다고 했지?"

—네.

"지금의 내 힘으로는 마계 밖으로 끌어낸 상태의 악마도 못 이기거든."

—아…….

이 계책을 실행하기 위해서는 내가 더 강해질 필요가 있다.

지금의 두 배쯤.

그것도 최대한 빨리, 악마가 마기를 회복해 평소 상태로 돌아가기 전에.

"크리스티나, 놈이 마기를 완전히 회복하기 전까진 시간이 얼마나 걸릴까?"

―저 정도 규모의 마계라면… 일주일쯤은 걸릴 거예요.

"그렇군……."

그렇다고 이걸 나한테 일주일이란 시간이 남아 있다, 고 받아들이면 안 된다. 완전히 마기를 회복한 놈을 상대로 승산이 있을 리 만무하니까.

아무리 시일을 여유 있게 잡더라도 사흘 내엔 놈을 상대할 만한 전력을 갖춰놓지 않으면 안 될 것이다.

그런데 그런 게 가능할까?

"뭐, 해보는 데까지 해봐야지."

생각나는 방법이 몇 개 있다. 평소 같으면 아까워서 못 할 행동이지만, 시간이 없으니 어쩔 수 없다.

나는 그 자리에서 떠나 곧장 안젤라 일행과 합류했다. 그리고 즉시 행동을 개시했다.

가장 먼저 해야 할 일은 이거였다.

[명화 '천상의 맛']

그렇다. 난 이제부터 밥을 먹을 생각이다.

그림자 기사단과 [말로 표현할 수 없는 공포]를 잡으면서 2레벨이 오르긴 했지만, 그래 봐야 포대 지휘자 9레벨이다. 1레벨

만 더 올리면 도움이 될지도 모르는 새 스킬을 얻을 수 있을지
도 모르고, 무엇보다 레벨이 오르면 어쨌든 더 강해지니까.

"아니, 잠깐."

이제 과연 잘하는 짓일까? 물론 아니다. 5성 요리는 텀을
두고 먹는 게 가장 효율적이니까. 하지만 내가 의구심을 느낀
건 포대 지휘자의 레벨을 올리는 방안에 대한 것이었다.

직감적으로 이건 아니라는 생각이 꽉 들었다. 그리고 난 이
제까지 날 단 한 번도 배신한 적이 없는 내 직감을 믿어야 했
다.

"다른 방법이 있단 소린데."

나는 무의식적으로 내 왼손에 들린 [바즈라다라의 바즈라]를
내려다보았다.

"…앗!"

그리고 나는 그 다른 방법이라는 걸 떠올렸다.

분명 이 바즈라를 주 무기로 쓰는 직업이 있었다. 그리고
그 직업의 이름은…….

"퇴마사."

나는 바로 레벨 업 마스터를 꺼내 들었다. 주리 리를 불러
낸 난 즉시 퇴마사로 전직했다.

[퇴마사(Exorcist)]

―퇴마사는 마를 물리치는 것을 업으로 하는 이들의 명칭입니

다. 인류 종족에게 있어 위협적인 존재인 마에 대항하기 위한 수단은 인류 역사가 시작되었을 때부터 존재해 왔습니다. 과학 문명이 발달하면서 그 필요성이 많이 줄어들긴 했지만, 실체가 존재하지 않는 마를 구축하기 위해서는 결국 퇴마사의 힘이 필요합니다.

　―필요 능력치: 직감 35 이상
　―주요 능력치: 항마력

　퇴마사 전직에 필요한 아이템은 구마용 무기였는데, 나는 [바즈라]를 이미 갖고 있었기 때문에 새로 구매할 필요는 없었다.

[구마 의식(Exorcism)]
　―등급: 희귀(Rare)
　―숙련도: 연습
　―효과: 마를 물리치는 의식을 치른다.

　비록 1차 직업의 1레벨에 불과해 전직 직후에는 갑자기 약해진 것 같은 느낌이 들었지만, 크게 상관은 없는 일이다.
　"이제 됐다. 애들아, 밥 먹자!"
　레벨이야 곧 오를 테니까!

＊　　　＊　　　＊

퇴마사의 만렙을 찍는 데는 5성 요리 2세트로 충분했다.

"엉엉엉."

그리고 2세트째를 다 먹어갈 때쯤, 안젤라가 갑자기 울기 시작했다. 왜 우느냐고 물어봤더니, 울음 섞인 절절한 목소리로 이런 대답을 했다.

"맛있어서 더 먹고 싶은데 배불러서 더 못 먹겠어요."

괜히 물어봤다.

어쨌든 만렙을 찍었으니 전직을 해야지. '천상의 맛'에서 나온 나는 바로 주리 리를 불러 퇴마사의 2차 직업에 대한 브리핑을 들었다. 다음으로 전직할 직업은 고민할 필요가 없었다.

[악마 사냥꾼(Demon Hunter)]

—악마 사냥꾼은 악마를 죽이는 것을 업으로 삼는 자들입니다. 악마에 대한 강렬한 증오를 바탕으로, 그들은 목숨을 걸고 악마와의 싸움에 임합니다. 자신보다 강력한 악마를 처치하기 위해서라면 악마 사냥꾼들은 수단과 방법을 가리지 않습니다. 강해지기 위해 자학 행위를 한다든가, 스스로 마를 취한다든가, 자신이 악마가 되어버리든가 하는 극단적인 방법까지도 말이죠.

—전직에 필요한 1차 직업: 퇴마사.

레벨을 올릴 때마다 꾸준히 오르는 항마력이 도움이 되긴 했지만, 거의 대부분의 '마를 상대로 하는 퇴마사의 스킬들은 악마에게 효과가 있을지언정 치명적인 피해를 입힐 수 있을 것으로는 보이지 않았다.

내게 필요한 건 악마를 대상으로 하는 특화된 스킬이었으며, 악마 사냥꾼이라는 직업은 그런 내 목적에 완벽하게 부합하는 스킬을 익힐 수 있게 해줄 것으로 보였다.

게다가 퇴마사와 달리 악마 사냥꾼은 수단과 방법을 가리지 않는다는 직업 설명 그대로 사용 무기나 스킬에 제한이 없었다. 내가 배울 생각은 없지만, 퇴마사에겐 금기나 다름없는 흑마술까지도 허용이 될 정도였다.

이러니 더 시간을 끌 것도 없지. 나는 즉시 악마 사냥꾼으로 전직했다.

[악마에 대한 증오(Hatred for Demon)]
―등급: 희귀(Rare)
―숙련도: 연습
―효과: 자학을 통해 악마에 대한 증오심을 쌓는다. 증오심이 쌓일수록 악마를 대상으로 한 공격이 강화되고, 악마에게 받는 피해는 경감한다.

시작부터 훌륭한 패시브 스킬이 나왔다. 증오심을 쌓기 위해 자학을 해야 한다는 건 마음에 안 들지만, 쓸모가 있다는 점에 대해서는 이견이 없을 것이다.

5성 요리로 가득해진 배를 꺼뜨릴 겸, 나는 이 자리에서 바로 스킬을 수련하기로 했다. 악마를 상대하는 데는 꽤나 쓸모 있는 스킬이라, 한정된 스킬 포인트를 투자할 가치가 있다고 느꼈기에 내린 결정이다.

"오, 아얏."

스킬을 쓰자마자 내 몸에 마치 채찍을 맞은 것 같은 자국이 나타나기 시작했다. 어지간한 공격으로는 생채기도 안 나는 내 몸에 자국을 내다니. 게다가 생각보다 아프다. 잘 보니 딱 한 번 스킬을 썼을 뿐인데, 생명력이 10%나 줄어들었다.

보통 플레이어라면 수련하면서 줄어드는 생명력에 기겁했겠지만, 나야 숨만 쉬면 생명력이 차오르니 수련에 큰 문제는 없었다.

계속해서 수련해 볼까.

"앗, 아! 따가워!"

그래도 문제가 있었다. 스킬 수련이 고통스러웠다는 점이다. 생명력이 퍽퍽 깎여 나가는 경험은 내게 있어서도 결코 유쾌한 것이 될 수 없었다. 고통에는 꽤나 익숙해졌다고 생각했는데, 딱히 그런 것만도 아니었던 것 같았다.

[악마에 대한 증오(Hatred for Demon)]
―등급: 희귀(Rare)

—숙련도: S랭크

—효과: 자학을 통해 악마에 대한 증오심을 쌓는다. 증오심이 쌓일수록 악마를 대상으로 한 공격이 강화되고, 악마의 공격으로 인해 받는 피해는 경감한다.

다행인지 불행인지, [악마에 대한 증오] 스킬의 수련치는 그냥 자학만 꾸준히 하면 차올랐다. 강적 수련치가 없어서 정말 다행이다.

악마에 대한 증오심: 100%

그냥 스킬의 구조 때문에 이렇게 된 게 아니다. 나는 나로 하여금 이런 수련을 하게 만든 악마에 대해 실제로 증오심을 품게 되었다.

[악마에 대한 증오(Hatred for Demon)] S랭크 세부 효과

[특정 악마에 대한 증오]: 특정 악마를 지정한다. 해당 악마에 대해 증오심 효과를 두 배로 강화한다.

S랭크 효과로 이런 게 없었더라면 증오심까지 한계돌파를 했을지도 모른다. 지금 당장 내가 상대할 악마는 마계를 연 악마 한 개체일 테니 꽤나 의미 있는 옵션이다. 어쨌든 이로

써 악마를 상대론 조금 더 강해지긴 했다.

하지만 아직 부족하지.

"밥 먹을 때 됐네. 애들아, 밥 먹자."

스킬 수련을 마친 나는 레벨을 올리기 위해 애들을 불러 모았다.

그러자 안젤라의 얼굴에 두려움이 서렸다.

"저, 선배. 아직 배가 안 꺼졌는데요……."

보니까 안젤라만 그런 게 아니었다. 다른 애들도 더부룩한 표정을 짓고 있었다. 나야 위장 한계돌파가 있어서 상관없었지만, 보통은 제아무리 플레이어라도 소화력에 한계가 있는 법이다.

"아, 그래? 그럼 나 혼자 먹을까?"

"서, 선배……."

이렇게 말했더니 다시 울먹거리기 시작했다. 안젤라만 그런 게 아니었다. 케이와 키르드도 어딘가 애절하고 호소하는 듯한 표정으로 날 올려다보고 있었다. 눈물을 보인 건 안젤라뿐이지만 말이다.

아, 저 표정 보니 마음 약해지네. 그렇다고 바쁜데 시간 낭비를 할 수는 없다. 어쩔 수 없군.

사실 나도 지금 당장 바로 5성 요리를 먹는 건 아깝다. 두 번째 5성 요리를 먹을 때 얻었던 경험치는 반까진 아니더라도 확실히 많이 줄었다. 연속으로 세 번째를 먹으면 더 적어지겠지. 그건 너무 아깝다.

최대한 빨리 악마 사냥꾼의 직업 레벨을 올릴수록 좋기야 하겠지만, 효율을 너무 도외시하는 것 같은 느낌이 드는 것도 사실이었다.

그래, 너무 서두르지는 말자.

"배도 꺼뜨릴 겸 필드 보스나 잡으러 가자."

교단을 자극해 인퀴지터든 뭐든 불러와서 저 악마와 싸우게 만든다는 계책을 완전히 포기한 건 아니었다. 그냥 뒤로 미룬 거지. 그리고 어쨌든 필드 보스를 잡아도 전투 경험치는 얻을 수 있다.

그런데 그 전에 할 일이 하나 있다.

―동일 계열 스킬을 2개 이상 소유하고 있습니다.
―[반환의 권능], [반격의 대가]
―동일 계열 스킬은 서로 합성시킬 수 있습니다. 합성하시겠습니까?

[주의!] 합성에 사용한 스킬은 다시 얻을 수 없습니다.

바로 이 두 스킬의 합성이 그것이었다.

그전까지는 잔여 스킬 포인트가 간당간당해서 망설이고 있었지만, [말로 표현할 수 없는 공포]를 퇴치하면서 얻은 스킬을 분해해서 얻기도 했고 퇴마사 레벨 업으로도 꽤 벌어들일 수 있어서 합성을 진행하고도 여유가 남을 정도가 됐다.

이 합성으로 인해 반격가의 스킬을 권능급으로 끌어올릴 수 있다면, 잘하면 신화급 스킬마저도 [간파]로 뜯어올 수 있게 될지도 모른다.

따악.

나는 왼손에 낀 행운의 반지들을 공명시켰다.

그리고 곧장 스킬 합성을 실행했다.

*　　　*　　　*

스킬 합성을 시행한 결과는 대단히 충격적이었다.

[반환의 권능]+10

―등급: 권능(Power)

―숙련도: 초월 랭크

―효과: 스킬 공격에 대한 피해를 무효화하거나 비축해 둘 수 있다. 비축한 스킬 공격 효과는 원하는 때에 반환할 수 있다.

뭐가 충격적이냐면, [반환의 권능]의 스펙이 합성 전과 완전히 똑같았다는 점이 그러했다.

"아니, 아니야. 설마, 그럴 리가."

나는 현실을 부정하고 싶었다. 1,000에 가까운 스킬 포인트와 40레벨까지 올려가며 키운 반격가 직업의 결실, 그 모든 것이 한 순간에 완전히 소멸했다는 가설은 나로서는 도저히 받아들일 수 없었다.

"그건 너무 가혹하잖아!"

나는 패닉에 잠겨 스킬창을 열었다. 그러자 익숙하면서도 생경한 스킬명이 보였다.

[반격의 신]+10
─등급: 신화(Myth)
─숙련도: SSS 랭크
─효과: 반격 기술이 신의 능력에 필적한다.

"…잉?"

[반격의 신]. 이건 뭐지? [반격의 대가]랑 닮았는데……. 왜 못 보던 스킬이 생겨 있지?

나는 정신없이 스킬 내용을 읽어 내려갔다.

등급 또한 대가급에서 신화급으로 바뀌어 있었으며, SS랭크였을 터인 숙련도가 SSS랭크로 올라가 있었다. 게다가 원래 없던 강화 단계도 +10이 되어 있었다.

대체 무슨 일이 일어난 건지 모르겠다. 나는 메시지 로그를 찾아보았다. 그러자 패닉에 잠겼을 때는 못 봤던 메시지들이 보였다.

—스킬 합성에 성공했습니다.

—두 스킬이 합성되었음에도, 낮은 등급의 스킬이 높은 등급의 스킬을 변화시키는 데 실패했습니다.

—두 스킬이 하나로 합쳐지는 대신, 높은 등급의 스킬이 낮은 등급의 스킬을 진화시킵니다.

—스킬 진화에 성공했습니다.

"…이런 게 있으면 있다고 미리 말해달라고……."

나는 힘이 풀려 그 자리에 주저앉을 뻔했다. 보고 있는 안젤라와 케이, 그리고 키르드가 없었다면 분명 주저앉았을 것이다. 그리고 엉엉 울었을지도 모르지. 하지만 나는 그러지 않았다. 남자라서 그런 건 아니고, 그냥 쪽팔리니까.

어쨌든 다행이다.

아니, 다행인 게 아니라 대박이지.

[반격의 대가]가 대가급에서 [반격의 신]으로 탈바꿈, 신화급이 되면서 그 아래에 묶인 기존의 반격가 스킬들도 신화급으로 성장했다. 강화 단계나 숙련도의 성장도 당연히 다 반영이 되었고, 그만큼 더 강력해졌다.

이로 인해 1,000 가까이 되는 스킬 포인트가 증발하긴 했지만, 이걸 증발이라고 표현하면 양심이 증발한 거겠지. 이 정도 파워 업이라면 틀림없이 1,000포인트의 값은 했다.

이로써 나는 조금 더 강해졌다.

내가 뿌듯해하고 있으려니, 안젤라가 조심조심 내게 다가와 걱정스러운 듯 내게 말을 걸었다.

"선배? 이제 괜찮아졌어요?"

"어, 응."

그러고 보니 오랜만에 혼잣말 작렬한 것 같다. 고쳐야지, 고쳐야지, 생각했는데 결국 애들 앞에서 이러다니.

뭐, 이미 일어난 일이고 지나간 일이다. 나는 툭툭 털어버리곤 내 안색을 살피는 안젤라에게 상큼한 미소와 함께 대꾸해 주었다.

"다 끝났어. 이제 필드 보스 잡으러 가자."

"아, 네!"

당초 계획과 달리, 필드 보스를 잡는 건 애들을 시킬 생각이다. 그깟 전투 경험치 조금 먹는 것보다 성장한 반격가 스킬로 애들 스킬 뜯어먹는 게 더 이득일 테니까.

[간파]도 신화급이 되었으니 아마 케이의 전설급 스킬로 뜯어먹을 수 있겠지.

너무 기대된다.

*　　　*　　　*

아무래도 교단이 모든 필드 보스에게 [지배의 권능]을 걸어

부리는 건 아닌 것 같았다.

적어도 이 지역의 필드 보스인 거대 표범에게는 지배 스킬이 걸려 있지 않았으니.

거대 표범은 자기 영역의 모든 움직이는 것을 습격하는 습성을 지녔기에 그런 것도 있겠다. 그냥 적당한 위치에 배치만 해둬도 알아서 주변의 모든 것들을 포식해 버릴 테니. 이 거대한 습격자 앞에서 살아남을 수 있는 인류는 드물 터였다.

하지만 나와 우리 일행은 거대 표범을 처치하는 데 그리 오랜 시간을 필요로 하지는 않았다. 일단 내가 먼저 나서서 거대 표범의 스킬을 채취하고, 처치하는 것 자체는 애들에게 맡겼다. 그 결과, 나는 흡족하리만큼 많은 스킬들을 얻을 수 있었다.

안젤라와 케이는 내가 스킬을 뜯어내는 걸 이미 알고 있었고, 키르드에게도 사실을 전달했다. 물론 셋 중 누구도 날 비난하거나 따지고 들진 않았다. 그동안 먹은 5성 요리를 생각하면 당연한 결과일 뿐이다.

먹은 값은 해야지.

의외로 키르드는 로제펠트에게 제물 취급을 받았던 것치곤 강했고 다양한 스킬들을 보유하고 있었다. 안젤라보다야 약했지만, 이 정도면 어디서 맞고 다닐 정도는 아니었다. 내가 그 사실에 감탄하자, 키르드는 부끄러워하면서 이렇게 말했다.

"로제펠트가 제게 습득시켜 준 스킬들이에요. 제가 어느 정도 강력해 보여야 절 위협적으로 여기고 공격할 테니까요."

제물인 소년을 자신인 척 내보내 공격받게 하고 [징벌의 권능]을 통해 적을 처치하는 것이 로제펠트의 기본 전략인데, 정작 그 소년이 너무 약해 보이면 의심을 살 테니 취한 조치인 것 같았다.

하긴, 직감 능력치는 나만 가진 게 아니다. 수치의 차이는 있을지언정 거의 모든 플레이어가 가진 기본 능력치 중 하나다. 정말 아무 스킬도 없는 소년이라면 아무리 직감이 낮아도 그 약함을 알아볼 수 있긴 할 터였다.

로제펠트로서는 결국 키르드를 비롯한 소년들을 제물로써 최대한 효율적으로 써먹기 위해 투자를 했던 셈이다.

그리고 그 과실은 지금 내가 따먹고 있고 말이다.

어쨌든 나도 전투에 참여했기에 전투 경험치를 얼마간 공유 받았고, 인류 연맹의 퀘스트로도 전투 경험치를 받았다. [악마에 대한 증오] 수련치와 랭크 업으로 얻은 경험치도 있었기에 가능한 일이었다.

이로써 악마 사냥꾼 레벨도 2로 올랐다.

"역시 5성 요리를 먹어야겠어."

미식 특성과 5성 요리를 이용한 빠른 레벨 업에 익숙해지자, 이런 식으로 찔끔찔끔 올리는 경험치에 만족할 수 없는 몸이 되어버리고 말았다.

어느 정도 배도 꺼졌겠다, 더 망설일 것도 없었다고 판단한 나는 즉시 '천상의 맛'과 '오늘의 고마운 한 끼'를 사용해 미식에 최상의 환경을 만들고 5성 요리를 맛봤다.

그리고 나는 후회했다.

5성 요리를 먹었음에도 불구하고 3레벨밖에 올리지 못했기 때문이다. 연속 3끼를 5성 요리만 먹은 대가는 참혹했다.

물론 2차 직업의 레벨 업에는 막대한 경험치가 필요했으니 어떤 면에선 당연한 결과라고 할 수도 있겠지만, 얻는 경험치 자체가 확연히 줄어든 결과이기도 했다.

이제 더 이상 5성 요리를 이용한 레벨 업은 의미가 없다. 하나 더 먹어봐야 1레벨이나 오를까, 아니, 아예 레벨 업을 못 할지도 모른다. 한 한 달쯤은 굶어야 의미가 생기겠지.

어쨌든 악마 사냥꾼 5레벨을 달성해 새 스킬을 얻기는 했다.

[격마의 탄환]
―등급: 희귀(Rare)
―숙련도: 연습 랭크
―효과: 탄환을 축성해 악마에 대한 공격력을 높인다.

그나마 이 스킬을 얻은 것만이 작은 위안이다, 라고 하기엔 딱 핀포인트로 내게 필요한 스킬이었다. 왜냐하면 [강화 마법 포탄 생성]으로 만들어낸 강화 마법포탄도 이 스킬의 영향을 받았기 때문이다.

어쨌든 필드 보스를 처리했으니 교단 관계자가 곧 이곳으로 날아들 것이다. 우리가 교단 관계자와 부딪히게 되면 본말전도니, 그동안은 숨어 다니면서 이 스킬이나 수련해야겠다.

                    *   *   *

내 계획이 어그러졌다.

"안 와!"

반나절을 꼬박 기다렸음에도 교단 관계자는 찾아오지 않았다. 인퀴지터는 느려도 몇 시간, 빠르면 몇 분 만에 찾아오더니만!

─이럴 리가 없는데요. 비상식적이군요. 그러고 보니 필드 보스 건이 아니더라도 교단이 자기들 영역에 악마가 찾아와서 마계를 여는 걸 지켜만 보고 있을 리 만무해요.

크리스티나의 지적은 온당했다. 자기들 영역에 악마가 활개치고 다니는 게 필드 보스가 처치당하는 것보다 훨씬 중대한 일임에도 교단이 움직이지 않는 건 이상하다.

"그럼 이쪽 지역은 아예 교단의 관리 영역 바깥이라는 소리야?"

─그럴 수도 있겠죠.

"필드 보스가 있는데?"

—모든 필드 보스가 반드시 교단에 의해 배치되었다고는 할 수 없으니까요.

그러고 보니 거대 표범에게서는 [지배의 권능]이 걸려 있지 않았다. 어쩌면 이 지역에는 교단의 입김이 닿지 않았다는 가설이 더 맞는 것 같기도 했다.

뭐, 이 계획이 내 계획의 전부인 건 아니지만 그래도 어그러졌다는 것 자체로 기분이 나쁘다. 더군다나 교단 관계자를 기다리느라 날린 반나절이 너무 아깝다. 물론 그 시간을 그냥 보낸 건 아니고 [격마의 탄환] 수련치를 올리는 데 쓰긴 했지만 말이다.

"그런데 언제까지 지도를 채워야 돼? 아직도 포탈 못 열어?"

이번 위기를 극복할 또 하나의 방책. 그것이 바로 인류연맹으로의 도주였다. 저기 마계를 연 악마는 그냥 방치하고 도망가 버리는 것도 일단은 염두에 두고 있었다.

그런데 그러려면 주변 탐사를 통해 지도를 완성하고 이 지역의 정확한 좌표를 산출해서 포탈을 열 필요가 있었다. 이전에 크리스티나가 거의 다 되어간다고 말한 적도 있어서 금방 될 줄 알았는데…….

—네……. 정말 죄송해요, 대영웅님.

크리스티나는 정말 면목 없다는 듯 내게 고개를 숙였다.

—기술부에서 총력을 기울이고 있지만 마지막 두 자리의 좌표가 아직 산출되질 않아서……. 게다가 마계가 열리는 바

람에 차원 진동이 시작되어서 좌표 산출이 더 어려워졌다고 하네요. 보내주신 지도 데이터의 좌표값이 엉망진창이 되었다고 해요.

큰 기대를 갖고 물어본 건 아니지만, 다소 맥이 빠지기는 했다. 하지만 정확한 좌표가 산출되지 않은 상태에서 급히 포탈을 열었다가 잘못되면 차원의 미아가 되어버릴 수도 있다고 하는데, 그냥 위험 부담을 감수하고 열어달라고도 할 수 없는 노릇이다.

나 혼자라면 상관없지만, 지금은 딸린 식구도 있으니.

"결국 악마를 죽이고 마계를 닫아야 인류연맹으로 갈 수 있겠네."

나는 혀를 찼다.

"쳇, 그럼 어쩔 수 없지. 이렇게 된 이상 강경책을 써야겠어."

—강경책이요?

"이 주변 지역의 필드 보스를 모조리 처치해 버릴 거야!"

필드 보스를 상대함으로써 얻는 건 직접적인 전투 경험치 외에도 퀘스트 보상도 있으니, 여러 마리를 잡다 보면 결국 레벨 업을 할 수 있을 것이다. 더불어 강적 대상 수련치에 걸려 B랭크에 멈춰 있는 [격마의 탄환] 스킬 랭크 업도 노릴 수 있을 테고.

교단에서 배치한 필드 보스가 아니라면 그냥 보상 받고 끝

나는 거고, 교단에서 손을 쓴 거라면 교단에게 피해를 입히는
셈이 되니 일석이조가 된다. 덤으로 이 피해를 못 참아서 교
단에서 끄나풀을 보내주면 더 좋고.

"바로 움직여야겠군."

이제 막 하루가 지났을 뿐이다. 시간은 아직 남아 있다. 지
금도 마계 안의 악마는 힘을 되찾고 있으니, 최대한 빨리 움직
여야 한다는 사실은 변함이 없지만 말이다.

*　　　*　　　*

세 마리쯤 더 필드 보스를 처치하고, 나는 레벨을 하나 더
올릴 수 있었다. 스킬을 뜯어내는 시간을 줄이고 빨리빨리 잡
았더니 여기까지 반나절이면 되었다.

이로써 악마 사냥꾼은 6레벨, 그리고 [격마의 탄환]도 S랭크
에 도달했다.

[격마의 탄환]
—등급: 희귀(Rare)
—숙련도: S랭크
—효과: 탄환을 축성해 악마에 대한 공격력을 높인다.
[격마의 탄환] S랭크 세부 효과
[완전수]: 축성을 받은 탄환을 3번 적중시킬 때마다 최대 3배의

추가 피해를 입힐 수 있다. 이 효과는 단일 적을 집중적으로 타격할 때 극대화된다.

재미있는 효과고, 쏠쏠한 효과이기도 했다. 더욱이 [격마의 탄환] 자체는 악마 외의 적에게는 아무짝에도 쓸모가 없는 스킬이었는데, 이 [완전수]가 추가됨으로써 다른 적을 상대로도 추가 피해를 입힐 수 있게 되어 활용도가 늘어났다. 물론 악마에게는 더욱 효과적이다.

필드 보스를 제외한 주변 적들의 처치는 애들에게 맡겼다. 어차피 파티로 지정되어 보상은 공유받는 데다, 안젤라도 인류연맹의 기여도를 벌어들일 필요가 있으니. 그 덕에 금화와 기여도가 쏟아져 들어왔다.

Chapter 3

　우리는 오늘의 네 번째, 어제의 거대 표범까지 합치면 다섯 번째 필드 보스를 발견해 공략에 들어갔다.

[퀘스트]

—의뢰인: 크리스티나

—종류: 토벌

—난이도: 매우 위험!

—임무 내용: 거대 흑요석 곰을 처치하라!

—보상: 금화 7,000개(+100%), 기여도 7,000(+100%), 직업 경험치 7,000(+100%)

퀘스트엔 거대 흑요석 곰이라고 지칭하고 있긴 했지만, 그렇다고 전신이 흑요석으로 된 건 아니었다. 곰은 포유류였을 터임에도 불구하고, 갑옷처럼 흑요석 빛의 비늘을 두르고 있는게 굉장히 특이해 보였다.

"케이, 이 녀석 너보다 보상이 좋은데? 너보다 강한 모양이야."

퀘스트의 내용을 확인한 나는 헛웃음과 함께 케이에게 말했다. 내가 기억하기로 케이의 보상은 분명 금화 6천 개였다. 내 말을 들은 케이는 미묘한 표정을 지었다. …괜히 말했나.

어쨌든 이 필드 보스, 거대 흑요석 곰을 [현묘한 간파]로 봤더니, [지배의 권능]이 걸려 있었다.

"이 녀석은 진짜로 교단의 손이 닿은 녀석이로군."

[지배의 권능]에 걸려 있는 걸 확인한 필드 보스는 이걸로 세 번째, 케이와 아르슬란 다음이었다. 거대 사자 아르슬란은 로제펠트의 공격에 완전히 소멸당하고 말았지만 말이다.

반격가 스킬을 [반격의 신]으로 업그레이드하면서 [현묘한 간파]의 하위 스킬인 [차단]도 반드시 직접 접촉할 필요는 없게 바뀌었지만, 나는 바로 [지배의 권능]에다 대고 [차단]을 사용하지는 않았다.

왜냐하면 이제부터 싸워야 하니까. 더 정확히는 스킬을 쓰게 만들어야 하니까. 그래야 스킬을 뜯어낼 수 있으니까.

"시작한다. 일단 대기하고 있어."

나는 혼자 거대 흑요석 곰의 인식 영역 안으로 걸어 들어갔다.

*   *   *

거대 흑요석 곰은 매우 훌륭하고, 강하고, 상대하기 재미있었다. 더불어 영양 만점이었다. 정말 다양한 스킬을 써가며 날 공략해 왔고, 그 다양한 스킬들은 거의 대부분 내 일용할 양식이 되었다.

그중에서 가장 인상 깊은 것이 바로 이 스킬이었다.

[신령한 연기]
ㅡ등급: 신화(Myth)
ㅡ숙련도: 연습 랭크
ㅡ효과: 신령한 연기를 뿜어내 자신의 몸을 지키고, 사악한 것들에게는 피해를 입힌다. 이 연기는 사악한 공격을 반사할 가능성이 있다.

내가 적을 상대로 뜯어내기에 성공한, 기념비적인 첫 신화급 스킬이다. 게다가 사악한 것에게 피해를 입힐 수 있는 옵션까지 붙어 있다니. 설마 사악한 것에 악마가 포함되지 않을 리는 없을 테니, 당장 내게 도움이 되는 스킬이라 할 수 있었다.

비록 내게는 피해가 오지 않는 스킬이었지만, 곰은 지속적으로 이 스킬을 켜놓았기 때문에 나는 쉴 새 없이 [간파]나 [현묘한 간파] 등의 반격가 스킬로 스킬 채취를 시도할 수 있었고 끝내 성공했다.

지금의 신화급 반격가 스킬로 확률은 낮더라도 같은 신화급 스킬까지 채취해 올 수 있음이 밝혀지는 순간이었다.

나는 이 곰이 마음에 들었다.

꼭 신화급 스킬을 얻어서가 아니고, 아직 미처 뜯어내지 못한 스킬이 있어서도 아니다. 그냥 마음에 들었다. 물론 앞의 두 이유가 내 마음에 전혀 영향을 끼친 바가 없다면 거짓말이 되겠지만.

어쨌든.

그래서 나는 곰을 처치하는 대신 약간 전투 경험치를 손해 보길 감수하고 곰에게 걸린 [지배의 권능]을 풀어주기로 마음먹었다. 어차피 이 경험치를 먹어봤자 레벨 업은 힘들 것이라는 약삭빠른 계산이 깔린 결정이었다는 점은 다른 이들에게는 숨겨두겠다.

[차단]

원래 [지배의 권능]을 풀기 위해서는 꽤 여러 번 시도하면서 랭크를 떨어뜨릴 필요가 있었지만, 반격가 스킬이 성장한 덕인지 몇 번 시도한 것만으로도 성공해 낼 수 있었다.

"으, 으윽……! 여, 여긴……! 나는 지금까지, 무슨 짓을……!!"

곰이 말했다. 하긴 케이, 즉 케찰코아틀과 사자 아르슬란도 말은 할 수 있었지. 크게 놀랄 일은 아니었다.

"이름을 말하라."

나는 나름 위엄을 갖춰 말했다.

"내 이름은 이진혁. 널 [지배]에서 풀어낸 것이 바로 나다."

"오, 오오."

곰은 내게 고개를 숙였다.

"오랜 저주에서 절 해방시켜 주신 은인께 감사 인사 올립니다. 이 어리석고, 우둔한 곰의 이름은 테스카. 과거 변방 세계의 신을 자청하고 있었으나 그것도 이제 영락한 지 오래인 미천한 존재입니다."

"테스카?"

그 이름에 케이가 반응했다. 그러더니 갑자기 인간형의 모습에서 본래의 거대한 날개 달린 뱀의 모습으로 돌아왔다. 케이의 본래 모습을 처음 보는 키르드가 놀라서 그 자리에 나자빠지는 건 재미있었으나, 그런 키르드의 반응을 신경 쓰는 건 나와 안젤라 정도였다.

"혹시 테스카틀리포카?"

케이, 케찰코아틀의 모습을 보곤 테스카가 그녀를 알아보고는 외쳤다.

"뭣?! 그렇다면 너는 혹시 케찰코아틀이냐? 이런 곳에서 만나다니!"

"우리가 그렇게 반가워할 사이는 아니지."

반가워하는 테스카에 비해 케이는 차갑게 내뱉듯 말하고선 다시 인간 형태의 모습으로 되돌아와 버렸다.

"아는 사이야?"

"옛 원수입니다. 지금은 원한은 없지만, 불편한 사이기는 하죠."

내가 케이에게 묻자, 그녀는 다소 곤란한 기색을 보이면서도 대답을 망설이진 않았다.

"하지만 곰의 모습으로 영락했을 줄이야. 네게 그런 신화가 있었더냐?"

"내게 바쳐진 성좌의 힘을 빌렸지. 그러나 지금은 너와 회포를 푸는 것보다는 은인께 감사를 표하는 것이 먼저니 순서를 기다려라."

테스카의 말이 옳다고 여긴 건지, 케이는 내게 일별하고 뒤로 물러났다.

"성좌?"

"과거 저를 신앙하던 이들이 제게 큰곰의 성좌를 바친 일이 있습니다. 옛일이지요."

큰곰의 성좌? 혹시 큰곰자리인가? 그럼 지구 출신? 뭐, 지금 중요한 건 그런 게 아니지만.

테스카는 케이와 마찬가지로 내 휘하에 투신해 내게 입은 은혜의 일부나마 보답하고자 했고, 나는 케이 때와 마찬가지로 그를 받아들였다.

이유는 간단. 스킬 뜯어야지. 적으로 상대하면서 실컷 스킬을 뜯긴 했지만, 혹시 남아 있는 게 있을지도 모르니 당연한 수순이다.

내 휘하에 들이자마자, 테스카는 자신의 모습을 인간형으로 바꾸었다.

붉은빛의 머리칼에 하얀 피부, 호랑이 같은 노란 눈이 꽤 인상적인 건강해 보이는 미녀였다. 물론 인간형일 뿐 내가 아는 인간, 지구인은 아니었지만 말이다.

검은 곰 가죽으로 만든 모피를 두르고 있고, 가슴은 시원하게 드러내고 있지만 목에 매달고 있는 흑요석 거울이 적절하게 가릴 부분을 가려주고 있었다.

"어떤 명령이라도 내려주십시오. 전력을 다해 수행하겠습니다."

테스카는 내게 부복하며 말했다. 그런 그녀에겐 유감이지만, 지금은 딱히 내릴 명령이 없다. 나중이라면 모를까.

아니, 하나 있나.

"케이와는 이미 자기소개를 끝냈지? 이쪽은 안젤라, 이 아이는 키르드다. 사이좋게 지내."

"최선을 다하겠습니다, 은인이시여!"

그 시점에서 나는 또 다른 명령을 하나 더 떠올렸다.

"내 이름은 이진혁이다. 이진혁이라고 불러."

"알겠습니다, 이진혁 님!"

*　　　　*　　　　*

악마 군주 뤼펠은 악마성의 옥좌에 앉아 권태롭게 시간을 보내고 있었다. 이 악마성은 뤼펠이 연 마계의 중심부에 위치해 있으며, 세계의 마계화가 진행됨에 따라 생성된 마기를 빨아들여 뤼펠을 자동적으로 강화시켜 주고 있었다.

마계를 여느라 소모했던 마기의 회복을 위해 정양해야 하건만, 뤼펠에겐 인내심이 부족했다. 그야 그렇다. 인내심은 악마에게 어울리는 단어가 아니다.

그래도 언제 교단과 다른 악마들의 개입이 들어올지 모른다는 생각에 하루는 잘 버텼지만, 이틀째에 들어와선 하품을 참는 것조차 지겨워지고 말았다.

결국 뤼펠은 더 못 참고 움직이기로 했다.

"뭐, 나만 안 나가면 되는 거 아니겠어?"

그렇다고 아직 마기가 반의반도 회복되지 않은 상태에서 본체를 끌고 마계 바깥으로 나갈 정도로 무모하지는 않았다. 마기를 소진한 상태인 지금의 뤼펠이라면 남작급의 악마라도 능히 그를 처치할 수 있을 테니까.

그래서 뤼펠은 자신과 시야를 공유하는 권속을 한 마리 내보내기로 했다. 권속을 만들어내고 부리는 데도 마기가 필요하다. 그러므로 이런 짓을 하면 마기 회복이 사흘 정도 더 늦어지지만 뤼펠은 그냥 감수하기로 했다.

설마 마계 안에 틀어박혀 있는데 위험한 일이야 있겠어? 그런 생각에서였다.

물론 뤼펠은 이 세계에 자신의 권속인 그림자 기사단과 [말로 표현할 수 없는 공포]를 파괴한 적이 존재한다는 것을 잘 알고 있었다. 애초에 그 실패로 인해 지금 그가 돌이킬 수 없는 선택을 하고 말았다는 것도 인지하고 있었고.

"뭐, 이미 멀리 도망쳤겠지만."

만약 그 상대가 플레이어라면 악마의 권속을 파괴하는 것으로도 성장할 수 있다. 자신의 힘을 깎아 적의 성장을 도모하는 머저리 같은 짓은 두 번으로 족했다. 그렇기에 뤼펠은 이번에 보낼 권속에게 특별하고도 강력한 힘을 부여해 보낼 생각이었다.

"운이 좋으면 키르드 하워드도 확보할 수 있을 테고."

아니더라도 이 무료함을 달랠 정도의 자극은 될 것이다. 그러니 손해 볼 게 없다.

뤼펠은 그렇게 판단했다.

　　　　*　　　　*　　　　*

"자, 이제 어쩐다."

다섯 번째 필드 보스, 그러니까 테스카에게 걸린 [지배의 권능]을 깼음에도 인퀴지터를 비롯한 교단의 끄나풀이 찾아올 기색은 보이지 않았다.

테스카의 증언에 의하면 그녀에게 [지배의 권능]을 건 상대는 케이에게 같은 스킬을 건 것과 같은 인물일 가능성이 높음에도 그러했다.

하긴 케이에게 [차단]을 걸었을 때도 교단의 끄나풀이 바로 찾아오진 않았지. 어쩌면 [지배의 권능]의 주인은 교단 소속이 아닐 가능성도 염두에 둬야겠다.

어쨌든 이 사태를 해결하는 데 교단을 끌어들이는 계책은 아무래도 무위로 돌아간 것 같았다. 이대로 상황이 흘러간다면 어쩔 수 없이 우리 힘만으로 어떻게든 악마를 처치하고 마계를 닫아야 한다.

크리스티나의 말에 의하면 이 세계에 열린 마계 때문에 지도의 좌표가 엉망이 되었다고 하니, 마계를 닫지 않으면 인류연맹으로 갈 포탈을 열 수도 없다.

시간을 끌면 끌수록 악마가 강해지니, 그야말로 앞뒤가 다 막힌 셈이다.

대충 이 주변 지역의 필드 보스는 다 처치한 셈이어서 빠르게 강해질 방법도 거의 소진된 상태다. 차라리 지금이라도 당장 악마를 마계 바깥으로 꼬여내서 상대하는 게 더 나을지도 모르겠다. 그런 생각을 하고 있을 때였다.

"……!"

직감이 반응했다. 위험한 마기였다. 방향은 악마의 마계가 있는 쪽. 매우 높은 확률로 악마거나 그 권속이겠지.

나는 뒤를 돌아보았다. 안젤라, 케이, 키르드, 테스카. 이들을 버리고 나 혼자 도망칠 수는 없다. 다행히 직감이 가리키는 적은 이쪽으로 오고 있지는 않았다. 그냥 주변 정찰을 위해 나온 건가. 딱히 나나 키르드를 찾아다니는 것 같지는 않다.

그러나 위치를 들키는 건 시간문제일 터. 결단을 내려야 했다.

적은 나보다 훨씬 강하다. 하지만 지금의 나는 악마를 상대하기에 적합한 직업과 스킬, 그리고 장비를 갖췄다. 승산이 있겠지. 있으면 좋겠는데.

"에에이!"

어차피 싸워야 할 거라면, 지금 당장 싸우는 게 훨씬 낫다! 적은 지금도 강해지고 있으니까.

"안젤라, 네 특기로 숨어. 키르드, 케이. 너희들도."

나는 일행에게 명령을 내렸다.

                    *   *   *

내 명령에 안젤라는 당황한 듯 입을 열었다.

"그러면 숨겨둔 계약서가……."

그렇다. 계약서의 위치가 드러나겠지. 그게 내가 원하는 바였다.

"상관없어. 숨어."

"서, 선배는요?"

나는 빙긋 웃어주었다. 허세였다.

"숨어."

안젤라와 다른 셋이 숨자마자 적은 계약서를 숨겨둔 곳으로 직선 방향으로 날았다. 계약서에 걸려 있던 은밀 효과가 사라진 탓이다.

[에이스의 곡예비행]

그리고 나도 스킬을 사용해 하늘로 날아올랐다. 갑옷을 작동시켜 입고 날개를 뽑아낸 후, 곧장 적을 향해 부츠의 추진력을 집중시켰다.

약속 장소는 계약서를 숨겨둔 곳이 될 것이다. 기습이 가능하면 좋을 텐데, 아마 힘들겠지.

비행시간은 그리 오래 걸리지 않았다. 내 속도가 빠른 탓도 있지만 그보다는 적의 위치가 그만큼 가까웠기 때문이다. 직감이 반응할 정도의 거리니 당연한 일이다.

거리가 가까워짐에 따라 적의 강력함을 좀 더 명료하게 알 수 있게 되었다. 피부가 찌릿찌릿할 정도의 마기였다.

"설마… 악마가 직접 나온 건가?"

원래 이런 상황을 유도하려고 하긴 했다. 악마를 마계에서 상대해서 이길 순 없으니, 마계 밖으로 끌어내서 싸우자는 것이 기본 전략이었다.

하지만 실제로 마기를 느껴보니 암담한 기분이 먼저 들었다.

진짜 이길 수 있을까?

부정적인 생각이 뇌리에 찾아들었지만, 나는 머리를 흔들어 잡념을 좇아냈다. 쓸데없는 생각이다. 다른 방법이 있는 것도 아니지 않은가? 맞서 싸워야 한다. 그렇다면 부정적인 생각보다는 전의와 투지로 정신 무장을 하는 게 더 도움이 되었다.

물론 정신 무장으로 끝내선 안 되지. 실제로도 무장을 해야겠지. 나는 무기와 장비들을 인벤토리에서 뽑아냈다.

가장 먼저 [3대 삼도수군통제사 대장선 천자총통]을 꺼내고 [상유십이]를 사용해 숫자를 불린 후 [동시 방열]을 사용해 12문을 한꺼번에 방열했다.

그리고 [타천사의 포옹]과 [타천사의 구원]도 펼친 상태로 인벤토리에 배치했고 항마력 옵션이 붙은 장신구들도 모조리 착용했다. 자동 연주 악보 '비천의 왈츠'도 꺼내 틀었다.

마지막으로 [진리의 검], [바즈라다라의 바즈라]을 꺼내 각각 오른손과 왼손에 들었다.

이러고 나니 기분이 좀 나아지는군. 특히 '비천의 왈츠'의 빠르고 경쾌한 연주가 내 마음을 가볍게 해주었다.

아직 적의 모습은 보이지 않았지만, 나는 적의 위치를 안다.

그렇다면 더 망설일 필요가 없지. 망설여서도 안 되고.

"발사!"

나는 [동시사격]을 통해 12문의 [천자총통]에서 [강화 마법 포탄 생성]으로 생성하고 [격마의 탄환]으로 강화한 마법포탄을 동시에 발사했다.

쿠콰콰콰콰콰쾅!

천지를 뒤흔드는 포격 소리와 함께 빛의 속성 마력을 가득 담은 마법포탄들이 아름다운 포물선을 그리며 적을 노렸다.

번쩍!

순간적으로 내가 포를 쏜 곳에만 해가 뜬 것처럼 밝아졌다.

"됐어!"

처치했다는 게 아니다. 빛의 마법포탄이 적의 마기를 줄이는 데 효과적이었기에 지른 탄성이었다. 큰 전과라곤 할 수 없었지만, 어쨌든 통한다는 게 중요하다.

[자동 재장전]으로 [동시사격]의 재사용 대기 시간이 초기

화되었기에, 나는 곧장 다음 [동시사격]을 행했다. 콰콰콰콰
쾅! [천자총통]이 다시금 불을 뿜었다. [자동 재장전]이 연속적
으로 이뤄지는 건 이제 그다지 놀랄 일도 아니다.

"발사! 발사! 발사!!"

끊임없이 폭음이 이어졌고, 빛과 폭발이 하늘과 땅을 수놓
았다.

첫 포격으로 적은 이미 내 존재를 알아챘고, 내 위치 또한
알아내었다. 놈은 포격의 소낙비를 뚫고 나를 향해 똑바로 날
아오고 있었다. 거리는 계속해서 줄어들고 있었지만, 나는 포
기하지 않고 계속해서 사격했다.

쐐애애애액! 퍼퍼펑!!

포격은 계속해서 적에게 명중하고 있었다. 그러나 포탄은
적에게 피해를 줄 수는 있을지언정, 적을 밀어내지는 못했다.

"발사!"

적의 모습을 눈으로 알아볼 수 있을 정도로 가까워질 때까
지 사격은 계속되었다.

그리고 마침내, 나는 놈의 모습을 눈으로 확인하게 되었다.
검붉은 피부에 박쥐의 피막 같은 날개, 그리고 머리의 뿔은
마치 그림으로 그린 것 같은 악마의 모습! 그러나 그 크기는
내 예상보다 훨씬 거대해서, 그냥 눈대중으로 봐도 18m는 되
어 보였다.

그렇다고 여기에서 쫄아버릴 수는 없지!

나는 [후의 선]과 [현묘한 간파], [응보의 때]를 모두 켜고 오른손에 든 [진리의 검]에 신성을 주입했다. 그러자 곧장 검이 활활 불타오르기 시작했다. 악마에게 100% 추가 피해를 가하는 [불꽃의 검] 옵션이 활성화된 것이다!

"어리석은 놈! 고작 그 정도의 힘으로 감히 내게 대항하려 하다니!!"

악마는 나를 향해 주먹을 뻗었다. 그러자 그 주먹으로부터 엄청난 불꽃이 뿜어져 나왔다.

"……?!"

내 반응은 약간 늦을 수밖에 없었다. 왜냐하면 악마의 그 움직임에 [응보의 때]가 동작하지 않았고, [현묘한 간파]로도 그 공격이 어떤 공격인지 알 수 없었기 때문이었다.

즉, 악마의 공격은 스킬이 아니었다. 그건 놀랄 일이 아니었다. 나도 스킬의 힘을 빌리지 않고서도 마력을 불꽃이나 다른 속성으로 변환해 공격하거나 하는 게 가능하니까.

그러나 스킬의 힘을 빌리지 않고도 이렇게 강력한 공격을 구사한다는 점에선 놀라움을 금할 수 없었다. 더불어 스킬 판정이 아닌 공격을 반격가의 스킬로 반격하는 데는 제한이 있었기 때문에 내가 상대하기에는 아무래도 상성이 좋지 않았다.

암담한 기분이었으나 여기서 항복하거나 도망칠 순 없다.

이미 주사위는 던져졌다. 싸울 수밖에 없다!

"치잇!"

나는 [에이스의 곡예비행]을 통해 불꽃 공격의 궤도에서 벗어나 역습을 노렸다. 적의 품 안으로 뛰어들어 불에 휩싸인 [진리의 검]을 휘둘렀다. 스킬을 사용하지 않은 순수한 공격이다. 이게 안 먹히진 않겠지!

"야아압!!"

적은 그 거체의 몸놀림이라고는 믿을 수 없는 유연성으로 내 공격을 피해 버렸다. 그리고 오른손을 휘둘러 날 붙잡으려고 했다.

"머리부터 잘근잘근 씹어 먹어주마!"

"아아아압!!"

[에이스의 곡예비행] S랭크 세부 효과

[불가해한 기동] 지정한 위치로 순간 이동한다.

나는 적의 손바닥에서 손등으로 이동했고, 그대로 진리의 검을 내리그었다.

푸하악!

적의 손등 피부가 갈라지며 검은 피가 뿜어져 나왔다. 그리고 그 자리가 붉게 타오르기 시작했다. 좋아, [염멸] 1스택! 이대로 [염멸] 스택을 쌓으면 유의미한 피해를 낼 수 있으리라. 나는 그렇게 생각했다.

하지만 곧 그 생각은 접어야 했다. 적의 상처가 더 이상 불타고 있지 않았기 때문이다. 아무래도 [염멸]이 통하지 않는 상대인 것 같았다.

"쳇!"

세상에, 신화급 유물 무기의 옵션이 통하지 않는 상대라니. 상처는 냈지만, 너무 얕았다.

"그럼 이건 어떠냐!!"

[뇌신의 징벌]

빠지지직!

나는 신성을 가득 담아 신화급 스킬을 적의 미간에 꽂아 넣었다. 그리고 약 1초 후.

쫘르릉!!

막대한 전기 에너지를 품은 낙뢰가 적의 미간에 내리꽂혔다! 좋았어, [바즈라다라의 바즈라]의 전기 속성 강화 옵션까지 덧단 필살의 공격이 정통으로 들어갔다!

"크어어어억!! 이 작은, 벌레 같은 놈이!!"

공격이 꽤나 고통스러웠던지 적은 욕설을 퍼부어왔다. 반대로 보자면, 적에겐 욕설을 할 수 있을 정도로 여유가 있었다. 이대로 같은 공격을 계속 가하면 효과는 있겠지만, [뇌신의 징벌]은 신화급 스킬로 재사용 대기 시간이 꽤나 길었다.

이거, 역시 못 이기는 싸움인 건가?

"대장군전 발사!"

나는 시간을 벌기 위해 지상에 방열해 둔 12문의 천자총통을 통해 대장군전을 발사했다. 대장군전이 대형 적을 상대로 효과가 있다지만, 강화 마법포탄인 것도 아니고 격멸의 탄환을 건 것도 아닌 데다 마력을 밀어 넣지도 않은 통상 공격이라 큰 효과는 없으리라.

퍼퍼퍼펑!

그러나 폭발의 빛과 불꽃, 그리고 폭음은 적의 감각을 잠시나마 가려줄 터. 나는 이 틈을 타 뒤로 물러나 태세를 정비했다. 그때였다.

[필사즉생]

천자총통의 고유 효과가 발생했다. 나보다 더 강한 적을 상대로 일정 시간 이상을 싸워야 하는 조건부의 고유 효과. [충무] 오라가 발생함에 따라 전황의 암담함으로 인해 꺾이려던 마음이 다시 되살아나고, 용기가 용솟음쳤다. 전투력 또한 끌어올려졌을 터!

더군다나 '비천의 왈츠'의 음색은 더욱더 빨라지고 있었다. 거칠게, 하지만 섬세하게. 언제 절정 부분까지 연주된 거지? 그만큼 전투에 몰입하고 있던 탓이겠지.

"발사!"

나는 다시 한번 포격을 감행하고, 열두 발의 포탄과 함께 적을 향해 쇄도했다.

*　　　*　　　*

뤼펠은 악마성의 옥좌에 앉아, 권속의 눈으로 자신의 적의 모습을 확인했다.

"인간이로군……. 그것도 지구인. 멸종한 줄 알았는데……."

즉석에서 인류종의 혼을 짜 만든 신선한 스카시 주스를 마시며, 뤼펠은 아랫입술을 혀로 핥았다. 욕망이 치솟아 올랐다.

"아름다워!"

악마에게 있어 인류종의 혼은 훌륭한 식자재다. 그중에서 지구인의 혼은 각별하다. 희귀하기 때문이기도 하지만, 단순히 그것 때문만은 아니다.

지금은 전설적인 존재가 되어버린, 희귀한 고대 악마종은 저 지구인의 혼을 온전한 상태로 얻기 위해 스스로를 아름답게 치장하고 지구인에게 유혹의 말을 속삭였다고 한다. 전형적인 현대 악마인 뤼펠로서는 이해하기 힘든 이야기였다.

정복하고 살해하고 강탈하면 그만인 것을! 위대한 악마가 열등한 식자재인 인류종에게 엉덩이를 흔들며 유혹이라니!

그러나 그것도 지구인의 영혼을 직접 보기 전의 생각이었다. 저 지구인이 지닌 혼의 반짝임을 보고 있자니, 뤼펠도 고대 악마종의 마음을 어느 정도 이해할 수 있을 것 같았다.

생명이라는 진흙 속에서 진주같이 빛나는 저 귀중한 영혼을 상처 하나 없이 온전히 캐내기 위해서는 무슨 짓이든 감내하리라.

동시에 뤼펠은 자신에겐 그런 일이 불가능하다는 것 또한 깨달았다.

인류를 유혹하기 위한 능력을 타고난 고대종과 달리, 아름다운 외모도, 인류종의 욕망을 채워줄 계약 능력도 그에겐 없었다.

그저 약육강식의 세계에서 경쟁자를 물리치는 무력을 손에 넣기 위해 다른 모든 것을 포기했던, 그럼에도 남작위까지 기어 올라오는 것만으로도 충분히 벅찼던 세대의 현대 악마에게 지구 인류를 유혹할 만한 수단이 있을 리 없었다.

저 반짝이는 보물을 온전히 손에 넣는 것은 불가능함을 뤼펠은 그 스스로 깨달았다.

"크으으, 젠장! 젠장!!"

그렇다고 뤼펠이 지구인의 영혼을 포기할 생각은 없었다.

"저걸 다른 악마에게 넘기느니, 그냥 부숴 버리겠어!"

소유욕 대신에 자리 잡은 것은 식욕과 이기심, 그리고 파괴 본능. 실로 악마다운 사고방식이라고 뤼펠은 자평했다.

"내가 직접 나서서 갓 죽인 지구인의 영혼을 그 자리에서 비틀어 짜 먹으리라!!"

뤼펠은 그러한 충동에 가득 차, 악마성의 옥좌를 박차고 일어났다.

마기가 완전히 회복되려면 일주일은 더 시간이 필요하지만, 악마에게 인내심이란 어울리지 않는 법. 뭐가 더 똑똑하고 확실한 방법임은 잘 알고 있음에도 욕망과 조급함에 휩싸인 뤼펠은 굳이 어리석은 방법을 택했다.

뤼펠은 마계를 나섰다.

＊　　　＊　　　＊

나는 소스라치게 놀랐다.

악마의 마계가 있는 방향에서, 또 하나의 거대한 기운이 날 노리고 똑바로 날아오고 있었기 때문이었다.

눈앞의 악마를 상대하는 것만으로도 충분히 힘든데, 여기에 적이 더 늘어나다니! 아니, 그보다……. 악마가 둘이라고?!

이상하다. 내 직감이 틀린 건가?

하긴 이 정도로 강력한 상대라면 내 직감을 속이고 잠복해 있었을 가능성을 완전히 무시할 수는 없다. 그리고 이것이 만약 내 방심을 유도한 적들의 계책이라면 정확하게 맞아떨어진 셈이 되고 만다.

"아니, 아니로군."

다가오는 기운이 가까워질수록 확실해졌다. 눈앞의 적이 풍기는 마기보단 지금 막 마계에서 나온 악마의 마기가 훨씬 더 컸다. 눈앞의 적, 내가 악마라고 생각했던 상대는 사실 진짜 악마가 아니었다는 것을 나는 뒤늦게 깨달았다.

아마도 내 눈앞의 적은 그냥 악마의 하수인이거나 권속일 뿐일 터였다.

상황은 내가 예상했던 것보다 절망적이었다.

그나마 내가 완전히 절망하거나 전의를 잃지 않은 건 오로지 [천자총통]의 [필사즉생] 덕이었다. 상황은 그 정도로 최악이었다.

어쨌든 맞서 싸워야 했다. 다른 방법은 존재하지 않는다.

"이놈! 어딜 다른 데 신경을 파느냐!! 죽어라!!"

눈앞의 적이 내게 불꽃 주먹을 휘둘러 왔다. 이건 피할 수 없다!

"체엣!"

나는 [반환의 권능]을 이용해 그 불꽃을 적에게 되돌리려고 했다. 이제까지는 그런 시도를 하지 않았는데, 왜냐하면 [반환의 권능]으로 무효화하고 비축하고 반환할 수 있는 공격은 오직 스킬로 한정되어 있었기 때문이다.

어차피 안 통할 건 예상하고 있었다. 내가 이런 시도를 한 까닭은 그냥 이것밖에 할 수 있는 게 없었기 때문이다. 그리고 예상대로 내 시도는 무위로 돌아갔다.

화르륵.

내 몸을 마기로 이뤄진 불꽃이 휘감았다.

"크으윽!"

불꽃의 열기는 지옥의 그것과도 같았다. 신경마저도 태워 버릴 것 같은 극염!

"하하하! 불타 죽어라!!"

악마의 권속은 통쾌한 듯 소리 질렀다. 그러나 내게 그 목소리는 들리지 않았다. 내 온몸을 마기로 이뤄진 불꽃이 태우는 그 순간, 나는 어떠한 사실을 뒤늦게 깨달았기 때문이었다.

"나, 나는……! 나아느은……!!"

황무지의 오크와 드워프, 그리고 코볼트는 나를 가리키는 심볼로 불꽃 문양을 택했다. 그 의미가 무엇이겠는가? 내 신성을 이루고 있는 건 그들의 신앙이고, 그들이 나의 불꽃을 숭배한다는 건 나 또한 불꽃이라는 뜻이다.

내가 미친 건가? 고통 끝에 이상한 상상에 빠져들고 만 건가?

아니다! 만약 그렇다면 나는 이미 불꽃에 타죽었을 거였다.

하지만 나는 아직 살아 있다!

"으으으읍! 크아아악!!"

"멍청한, 어리석은! 미약한 벌레야, 쓸데없는 저항은 그만하고 재가 되어라!!"

악마의 권속은 내가 마기의 불꽃에 저항하는 기색을 보이자 당황한 건지, 입에서 불을 토해내었다. 불꽃 주먹과는 비교도 안 되는 압도적인 불꽃의 양에 나는 전의가 꺾일 것 같았으나, 나는 방금 전에 잡은 깨달음의 실마리를 아직 놓지 않은 채였다.

스킬이 이 세상을 지배하는 힘의 전부는 아니다. 눈앞의 적이 그러하다. 나 또한 그러하다. 나는 스킬의 힘이 없이도 마력을 불꽃과 뇌전으로 변환시키는 법을 깨달았고 지금도 사용할 수 있다.

이 불꽃이 너의 마기로 이뤄진 것이라고? 너 자신이나 마찬가지라고?

"나의 신성은!!"

화르륵!

불이 타올랐다. 단순한 불이 아니었다. 어쩌면 나는 이 방법을 진작 깨닫고 있었는지도 모르겠다. 그래, 이 감각은 진리의 검을 불태우기 위해 신성을 일으켰을 때와 같았다.

처음부터 알고 있었다!!

"나는 불꽃이다!!"

드디어 나는 자각했다. 알고 있었다는 것을 깨달았다.

이 진짜 악마도 아닌, 그저 악마의 권속에 불과한 존재가 토해낸 불을 내가 지배하지 못할 리가 없다!!

나는 내 몸을 휘감아 불태우고 있던 불에 나의 신성을 불어넣었다. 그러자 불은 더 이상 나를 태우지 못한다. 그야 그렇다. 이 불은 나의 지배하에 놓였으니까.

쉬운 일이었다. 이렇게 쉬운 걸 왜 이제야 깨달은 걸까?

"뭣?!"

악마의 권속은 놀라 물러났다. 놈도 내가 어떤 이적을 행했는지 깨달은 눈치였다. 그렇다, 이적. 불꽃을, 어떤 에너지를 나의 힘으로 한다는 것은 이적이라는 단어를 쓰기에 합당한 행위였다.

"이제 더 이상 네 불꽃은 내게 통하지 않는다!"

나는 내 몸을 휘감고 있던 불꽃을 오른손에 든 진리의 검에 집중시켜 보였다.

"아니, 그 정도가 아니지. 이제 이 불꽃은 내 것이다!"

그리고 내가 나의 신성으로 지배해 낸 불꽃을 악마의 권속을 향해 쏘아냈다. 막대한 열량과 함께 신성을 담은 불꽃이 악마의 권속을 향해 날았다.

퍼어억!

신성한 불꽃이 악마의 권속에게 짐승처럼 달려들어, 오른손의 손가락 두 개를 물어뜯었다.

"크아아아악!!"

악마의 권속이 고통스러운 듯 울부짖었다. 그걸 보는 내 입장에선 허탈할 따름이었다. 이 반격으로 팔 하나는 날릴 셈이었지만, 손가락 두 개가 고작이었으니. 그리고 저 권속은 고작 손가락 두 개 가지고 저런 반응을 보이고 있다니.

당연하지만 이 정도로 역전을 논하기엔 부족하다.

악마는 불꽃에 휩싸이는 동시에 내가 했던 것과 똑같이 불꽃을 지배해 피해를 줄였다. 그것이 완전하지 못해 손가락 두 개를 날리긴 했지만 말이다.

게다가 진짜 악마가 이쪽을 향해 날아오고 있었다. 상황은 조금 나아졌지만 결정적으로 바뀐 건 없었다.

"발사!"

그렇다고 여기서 싸우는 걸 그만둘 순 없지! 손가락 두 개를 뜯어낸 틈을 타 거리를 벌리고, 나는 다시 한번 천자총통 포격을 실행했다.

"에이이! 벌레가, 벌레 주제에!!"

악마의 권속은 포격을 몸으로 받아내며 내게 주먹을 휘저어댔다. 불꽃 공격이 통하지 않는다는 걸 알게 된 후로 단순한 몸싸움으로 전술을 바꾼 모양이었다. 그리고 무려 18m에 달하는 거체의 그런 공격은 내게도 대단히 위협적이었다.

"큭!!"

놈이 날 두고 벌레, 벌레거리니 나도 벌레처럼 상대해 줘야겠다.

나는 [에이스의 곡예비행]을 통해 놈의 공격을 이리저리 피하며 불꽃의 검으로 놈을 마구 베어대었다. 방금 전의 경험으로 신성한 불꽃을 좀 더 잘 다룰 수 있게 되었기에, 나는 단순히 [불꽃의 검]이 아닌 내 마력을 전환해 만든 불꽃에 신성을 입혀서 뿜어대었다.

"끄아아아악!!"

그러자 놈이 더 버티지 못하고 물러나기 시작했다. 드디어 승기를 잡은 건가 싶었지만, 나도 더 이상 놈을 밀어붙일 수는 없었다. 왜냐하면…….

악마가 도착했기 때문이다.

                    *   *   *

악마의 모습은 그 권속과 닮았으나 훨씬 더 크고 강해 보였다. 마치 어른과 아이의 모습을 보는 것 같았다. 겉보기뿐만 아니라, 그 존재에서 자연스럽게 배어나오는 마기의 크기는 그야말로 비견조차 되지 않았다.

"생각했던 것보다 강하구나, 지구인."

악마가 내게 말했다.

"그러나 네 저항 따위는 아무런 의미도 갖지 못한다. 얌전히 네 혼을 내게 바쳐라!"

그 목소리는 웅혼했고 위엄이 깃들어 있어 정신을 놓으면 그대로 그 말대로 따르고 싶어질 정도였다. 그러나 나는 정신을 놓지 않았다. 그 말에 따를 리가 없었다.

더군다나 아까부터 이상했다.

악마가 그의 권속보다 강력한 존재인 건 굳이 확인해 볼 필요도 없이 명백한 사실이다. 단순 피지컬 면에서부터 그 몸에 깃든 힘까지 볼 때, 악마가 그의 권속을 손가락 하나로 짓눌러 죽일 수 있을 정도의 차이가 있었다.

그럼에도 불구하고, 나는 이상했다.

"왜 악마 쪽이 훨씬 만만해 보이지?"

나는 나도 모르게 혼잣말을 내뱉어 버리고 말았다.

"뭣?!"

게다가 그 혼잣말은 악마에게 들리고 만 것 같았다.

"네놈, 지구인……! 감히 날 얕보다니!! 간이 배 밖으로 튀어나온 걸로도 보이지 않는데, 대체 어디서 그런 자신감을 얻었느냐? 아무런 근거도 없는 자신감은 스스로를 망칠 뿐이다."

악마는 날 어여삐 여기기라도 하듯 조언마저 건넸다. 너무 어이없는 말을 들은 나머지 분노보다 먼저 안타까움이 느껴지기라도 한 모양이다.

나는 그런 악마의 심정을 충분히 이해할 수 있었다. 내가 생각해도 어이가 없었으니까. 내 모든 오감을 동원해 본 결과, 악마가 엄청난 강자라는 건 쉬이 알 수 있었다. 그런데 왜, 어째서 내 직감은 이렇게 외치고 있는 걸까?

이 악마가 만만한 상대라고.

악마의 권속은 아까부터 조용했다. 내 실언으로 인한 불똥이라도 튈까 봐, 최대한 존재감을 숨기고 있는 모습이었다.

여기선 잘 생각해야 한다. 괜히 나대다가 손해를 본 게 이제까지 몇 번인지 이젠 한 손으로 셀 수도 없다. 신중함이야말로 진짜 미덕이다. 나는 과거로부터 그렇게 교훈을 얻었을 터였다.

하지만, 그렇지만 말이다. 지금까지 직감을 믿어서 손해 본 적이 있었던가? 단언컨대, 단 한 번도 없었다. 나는 내 몸에 주렁주렁 매달린 항마력 옵션 장신구들을 내려다보았다. 이것들도 직감으로 고른 것들이었고, 지금 내 상대는 악마였다.

그리고 지금의 내 직업은 악마 사냥꾼이었다.

자, 어쩐다?

"지구인, 나쁜 말은 하지 않겠다. 얌전히 항복하고 네 혼을 내놔라."

내 생각이 길어진 탓인지, 악마는 타이르는 말투로 내게 명령했다. 절대로 따를 수 없는 지시였다. 그러고 보니 그랬다. 어차피 내게 선택권 따윈 없었다.

싸운다!

악마에 대한 증오심: 100%

그렇게 전의를 다져먹자마자, [악마에 대한 증오]로 인해 쌓여 있던 증오심이 끓어올랐다. 더 생각할 것도 없다. 당장 개시한다!

"발사!!"

악마의 권속과 싸우느라 내 위치는 [천자총통]들을 방열
해 놨던 곳에서부터 꽤 떨어져 있었고, 공교롭게도 그 위치
는 악마의 등 뒤였다. 빛의 마력을 잔뜩 끌어 올려 불어넣은
데다 [격마의 탄환]까지 걸린 [강화 마법포탄]이 악마를 기습
적으로 덮쳤다!

쿠콰콰콰쾅!!

"우어어어아아아아악!"

기습을 당한 악마는 매우 고통스러운 듯 비명을 질러댔다.
기분 탓인지는 몰라도 스킬이 굉장히 잘 먹힌 것 같다.

"발사!!"

기분 탓인지 아닌지는 다시 한번 해보면 알겠지. 난 그런 생
각에 [자동 재장전]으로 쿨타임이 취소된 [마법포 사격]을 재
개했다.

쿠콰콰콰콰쾅!!

"아악, 으아악! 꺄아아아아악!!"

악마는 이리저리 날아다니며 포탄을 피하려고 난리를 쳐대
고 있었다. 정말 아파하는 것 같은 반응이다. 그제야 난 확신
을 얻을 수 있었다.

이거 허당이네!

이게 아니라……. 악마의 권속을 상대로는 스킬의 부가 효
과가 하나도 안 먹혀서 내 스킬들이 제 효과를 못 냈다.

    반면 악마에게는 [악마를 향한 증오심]과 S랭크 보너스인 [특
정 악마를 향한 증오심]이 겹쳐져 3배의 효과를 내고, 여기에
[격마의 탄환] 효과가 정말 잘 먹히고 있는 것 같았다.

    그래, 답은 바로 상성이다! 내가 지닌 악마 대상 특화 공격
으로 인해 본래 전투력과 상관없이 내게 승산이 돌아온 것
같았다!!

    "발사!!"

    어쨌든 승산은 승산이다. 나는 희희낙락하며 계속해서 마
법포 사격을 감행했다.

    "그만! 으악! 그만하라! 끄어억! 지구인!!"

    이렇게 스킬 효과가 잘 먹힘에도 악마에게는 아직 여유가
있었다. 역시 포격만으로 악마를 잡는 건 불가능해 보였다.
나는 [진리의 검]에 신성을 불어넣었다. 불꽃이 솟구친다!

    "야아아아아아압!!"

    나는 악마의 품속으로 뛰어들었다. 시야 전부가 악마의 몸
으로 가려졌다. 이렇게까지 거대하다니! 그렇다고 여기서 쫄
아 붙을 수는 없지!! 나는 진리의 검을 마구 휘둘러 악마의 피
부를 찢어놓았다. 악마종에게 100% 추가 피해를 주는 옵션이
효과를 발휘하고 있는 거다!!

    "끄읍! 이이익!!"

    악마는 모기를 내려치듯 손바닥으로 날 후려치려 들었다.

[에이스의 곡예비행]

－[불가해한 기동]

"발사!"

나는 스킬을 써서 악마의 품에서 빠져나와 포격을 지시했
다.

쿠콰콰콰쾅!

내게 신경 쓰느라 회피나 방어 행동을 취하지 못한 탓에,
이번에야말로 포격이 정통으로 악마에게 꽂혔다!

"꺼어어어어!!"

악마는 비명을 내지르더니, 이내 행동을 개시했다. 그 행동
이란…….

"히아아아아악!!"

바로 도주였다.

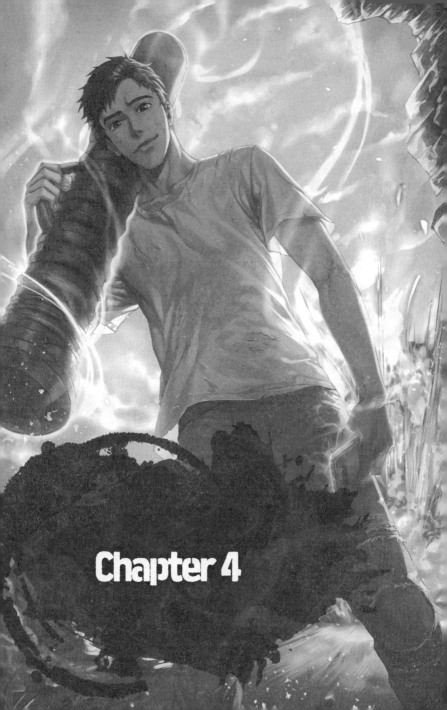

Chapter 4

"이런!"

악마의 도주는 보기엔 꼴사나우나, 지금의 내게 있어 가장 치명적인 대응이었다. 놈을 놓쳐 마계로 들여보낸다면 지금 살짝 잡은 승기도 놓치게 되는 셈이니까!

"빠, 빨라!!"

게다가 악마 사냥꾼의 스킬 덕에 내 공격이 잘 통한다지만, 악마의 능력을 제한할 수 있는 건 또 아니었다. 전력으로 도망치는 악마를 붙잡을 방법이 내겐 없다.

"에이이, 발사!!"

나는 천자총통의 포문을 악마의 등짝으로 돌렸다. 아무리 그래도 포탄보다 빠르랴!

쿠콰콰쾅!

악마의 등짝에 빛의 폭발이 여러 번 일었고, 그 타격은 그냥 보기에도 굉장히 효과적이었으나 악마의 발을 붙잡을 순 없었다.

"음? 발을 붙잡아?"

그 순간, 나는 잊고 있던 천자총통의 또 다른 추가 옵션에 대해 떠올렸다.

왜 이걸 이제까지 잊고 있었지?

"[울돌목]!!"

내 외침과 더불어 열두 문의 천자총통이 거친 소용돌이를 토해내었다. 그래, [울돌목]! 적을 밀쳐내고 이동 불가 상태로 만든 후 위압 상태이상을 거는, [필사즉생] 상태에서만 사용할 수 있는 추가 스킬!

하지만 과연 이 스킬이 악마 상대로 통할까? 하는 내 걱정을 무위로 돌리기라도 하듯, 소용돌이 형태의 마력은 악마의 거대한 발목을 제대로 묶어 그 자리에 쓰러뜨렸다.

"됐다!!"

[에이스의 곡예비행]과 갑옷의 추진력을 빌어, 나는 악마의 등 뒤를 향해 곧장 날아 [진리의 검]을 꽂았다. 내 신성을 꿀렁꿀렁 집어삼키며, [진리의 검]에서 타오르는 불길이 이 거대한 악마를 재로 만들어 버릴 듯 거세졌다.

그때였다. 내 왼손에 들린 [바즈라다라의 바즈라]가 마치 자신도 악마의 등을 내리치고 싶다는 듯, 손에서 꿈틀대는 것이 아닌가? 그리고 나는 직감적으로 행동했다. 바즈라를 곧장 악마의 등에 꽂았다.

―[바즈라다라의 바즈라] 숨겨진 옵션 개방!

[항마의 칼날]―활성화 시 [마]를 대상으로 300%의 추가 피해를 입히는 뇌전의 칼날을 뽑아낸다. 이 칼날로 [마]를 소멸시킬 때마다 근력, 강건, 신성이 영구적으로 1씩 상승한다.

그러자 숨겨진 옵션이 드러나며, 바즈라에서 마치 광선검과도 같은 뇌전의 칼날이 튀어나와 악마의 등을 깊숙하게 파고들었다.

"우아아아아!!"

신성한 뇌전이 고통스러웠는지, 악마는 한층 더 격렬히 몸부림을 치며 날 등에서 떼어내려고 했다. 묶인 것은 발일 뿐, 전신을 다 묶은 건 아니었기에 그 몸부림은 꽤 효율적이었다.

나는 [진리의 검]과 [바즈라다라의 바즈라]를 악마의 등에 꽂은 채 갑옷의 추진력과 [에이스의 곡예비행]을 활용해 필사적으로 매달렸다.

파앙!

그 와중에 악마는 손을 휘둘러 모기 잡듯 날 때려잡으려고 했기에, 때때로 떨어져 회피 행동에 전력을 다해야 할 때도 있었다.

"발사!"

사이사이 천자총통 포격을 섞어 넣는 것을 잊지 않으며, 나는 [불꽃의 검]과 [항마의 칼날]로 악마의 피부를 난자했다. 악마의 등짝이 너덜너덜해지는 데까지는 그리 오랜 시간이 필요하지는 않았다.

"끄아악! 살려줘!"

"너 같으면 살려주겠냐?! 에잇!!"

퍽퍽! 나는 이미 너덜너덜해져 훤히 드러난 악마의 속살까지 저밀 기세로 칼을 마구 휘둘러 주었다. 그럴 때마다 악마는 껵껵거리며 비명을 토해내고 있었다.

"…흐흣!!"

대단한 쾌감이다! 분명 나보다 강력할 터인 존재, 그리고 눈으로 보기에도 나보다 훨씬 거대한 존재를 이토록 궁지에 몰 수 있을 줄이야!!

물론 이번 경우는 내 직업과 장비의 상성이 큰 영향을 미치고 있지만, 어쨌든 내가 이기고 있는 것만은 확실했다.

그런데 상황이 바뀌었다.

"너, 네놈! 떨어져라!!"

지금까지 멀거니 지켜보고만 있던 악마의 권속이 갑자기 전투에 끼어들었기 때문이다.

"쳇!"

스킬을 쓰지도 않고 스킬의 효과가 먹히지도 않는 저 권속
은 주인일 터인 악마보다도 상대하기에 껄끄러운 면이 있었다.
나는 악마의 등에서 떨어져 권속을 물리칠 준비를 했다.

쿵쿵쿵쿵! 거대한 체구로 급하게 달려온 악마의 권속의 기
세는 내게도 꽤나 위협적이었다. 그런데 그때, 이변이 일어났
다. 악마가 권속의 머리를 한 손으로 덥석 잡더니 그걸 그대
로 휘둘러 나에 대한 방패이자 무기로 쓰기 시작한 것이 아닌
가?

"으, 으어어! 왕이시여!!"

"시끄럽다! 넌 내 권속이니 날 위해 희생해라!!"

악마 대신 내 칼을 얻어맞아야 했던 권속은 고통의 비명을
질러댔지만, 악마는 가차 없었다. 내 공격을 막은 후에는 날
향해 권속을 붕붕 휘둘러댔다.

"저리 가, 저리 가라! 이놈아!!"

"으아, 으아아아!"

보기에는 웃기지만 악마보다야 작다지만 18m는 되는 권속
의 거체는 상대적으로 체구가 작은 내게는 충분히 위협적인
질량 병기의 역할을 해내고 있었다. 게다가 스킬이 안 통하는
방패이기도 하니 골치 아프기 그지없었다.

"젠장! 발사!!"

결국 가장 안전한 게 포격이다 보니, 나는 계속해서 포격을

날릴 수밖에 없었다.

쾅! 쾅! 쾅!

"커억!!"

한참이나 악마 대신 포격을 맞던 악마의 권속은 곧 기운을
잃고 축 늘어져 버렸다. 아무리 스킬 효과가 안 통한다 한들,
단순히 빛의 마력을 너무 많이 맞아 마기를 소진해 버린 탓인
듯했다.

—레벨 업!

권속을 처치한 건 나로 체크된 건지, 레벨 업을 두 단계 정
도 했다. 고작 권속 주제에 이렇게 많은 경험치를 주다니. 하
긴 이놈 잡느라 고생한 걸 생각하면 이상한 일은 아니다. 꽤
소모가 심했던 생명력과 체력, 마나가 완전히 회복된 건 다행
이다.

그런데 그게 끝이 아니었다.

—죄 지은 자를 징벌하라!

그런 메시지와 함께, [징벌의 권능] 사용 조건이 채워지며 활
성화된 것이 아닌가?

"……!"

[징벌의 권능]

―등급: 권능(Power)

―숙련도: 연습 랭크

―효과: 죄를 저지른 자를 벌하라.

어이가 없긴 했다. 악마가 자신의 권속을 방패로 삼다가 죽여 버린 것을 죄로 치다니. 하지만 그것과는 별개로……

"이득이다!"

나는 즉시 [징벌의 권능]을 사용했다. 쫘르릉! 한 줄기 벼락 같은 권능의 힘이 악마의 대가리를 찍어 내렸다!

"어어어억!!"

악마의 거대한 뿔이 내 일격에 잘려 나갔다! 겨우 연습 랭크인데 이 정도로 효과적이라니! 하긴 이 정도쯤은 되어야 로제펠트가 이 스킬 하나만 믿고 온갖 세력에 시비를 걸고 다니며 악행을 저질렀겠지.

아, 이럴 줄 알았으면 미리 [뇌신의 징벌]과 합성해 둘 걸 그랬나. 나는 아쉬움에 입맛을 다시며, 수련치가 채워진 [징벌의 권능]을 랭크 업 시키려고 했다. 그런데 F랭크로 올리는 데 드는 스킬 포인트가… 100?

S랭크까지 올릴 생각을 하자면 그냥 [뇌신의 징벌]과 합성하는 게 더 싸게 먹힐 것 같다. 이건 일단 그냥 두자.

"안 돼… 안 돼……!"

악마는 울면서 땅바닥을 기어 다니고 있었다. 마계 쪽으로 도망치려는 모양이다.

"그냥 둘 수 없지!"

나는 그런 악마의 등 뒤를 습격했다. [진리의 검]과 [바즈라 다라의 바즈라]로 난도질해 댔다. 퍽퍽 소릴 내며 불꽃검과 뇌전검이 악마의 피부를 가르고 살을 토막 냈다.

지속적으로 [강화 마법포탄 생성]과 [격마의 탄환] 콤보의 마법포탄 포격과 [울돌목]을 쏴댄 건 더 말할 것도 없고. 원래대로라면 내가 매달려 있는 상대에게 포탄 세례를 먹이는 위험한 짓을 할 리 없지만, 악마의 체구가 워낙 큰지라 오폭이 나한테 작렬할 걱정은 안 해도 됐다.

내가 피해를 입힐 때마다 움찔움찔거리며 고통스러워하는 건 별개로, 악마는 완전히 도망치는 데만 역량을 집중하기로 한 듯 필사적으로 마계를 향해 기고 있었다.

사실 [울돌목]을 연속적으로 맞아서 이동 불가 상태이상이 지속적으로 부여되고 있는지라, 그 효과가 가끔 끊길 때마다 겨우 한 걸음씩 기어가는 정도에 그치긴 했지만 말이다.

그러나 그것도 이걸로 마지막이었다.

[필생즉사]

[천자총통]의 마지막 옵션, 도망치는 적을 향한 필살의 공격이 악마를 향해 날아들었다.

　　　　　＊　　　　　　＊　　　　　　＊

　악마 군주, 뤼펠은 왜 자신이 이런 일을 당해야 하는지 이해하지 못했다.

　"나는 그저, 맛있는 게 먹고 싶었을 뿐인데⋯⋯!"

　지금 와서 다시 생각해 보자면, 문제를 쉽게 푸는 방법은 실로 간단했다.

　지금 자신을 향해 공격을 퍼붓고 있는 저 지구인은 자신의 권속 하나도 제대로 제압하지 못했다. 그러니 같은 권속 하나만 더 보냈으면 될 일이었다. 하나도 압도 못 하는데, 둘을 상대로 이길 수 있을 리 없으니까.

　만약 그랬다면 쉽게 저 지구인을 제압하고 마계로 끌고 들어와서 편하게 요리할 수 있었다.

　그러나 뤼펠은 그러지 않았다. 그저 당장 저 지구인의 육신을 자신의 손으로 직접 쥐어뜯어 튀어나온 혼을 비틀어 짜 풍부한 즙을 직접 맛보고 싶다는 충동을 못 이겨, 스스로 마계에서 나오고 말았다.

　어리석은 짓이었다.

　"저 지구인이 날 속인 게 잘못이야!"

그러나 뤼펠은 어디까지나 악마, 자신의 잘못이나 어리석음을 인정할 리 없었다.

"다음에는, 다음에는 반드시……!"

뤼펠은 서럽게 이를 갈았다.

"네 목을 뜯어 그 피로 목을 축이겠다!!"

그것이 뤼펠의 유언이었다.

*   *   *

"어따, 생명력 높기도 하지."

악마를 죽이는 데는 시간이 굉장히 많이 걸렸다.

도망치는 것이 불가능하다는 것을 깨달은 악마는 악에 받쳐 내게 반격을 가해왔지만, 이미 마기 소모가 심각했던 터라 굉장히 위협적이라고는 할 수 없었다. 오히려 내겐 악마의 스킬을 얻을 수 있는 보너스 타임에 가까웠다.

아니, 이건 너무 지나치게 허세를 부린 건가. 그 정돈 아니었지. 불꽃과 뇌전을 주변에 마구 흩뿌려 대던 최후의 발악은 꽤 위협적이긴 했으니까.

그러나 발악은 발악일 뿐이었고, 결국 악마는 죽었다.

그 대가로 내가 받은 건 대량의 경험치, 그리고 악마가 남기고 간 왼쪽 뿔이었다. 이 뿔은 재료 아이템으로 사용할 수 있다는 모양이었다.

이게 끝이 아니다. 만마전도 인류연맹과는 적대 관계라고 했으니, 연맹에서도 보상을 받을 수 있을 테지.

그런 점에서 보자면 내게 있어서 굉장히 기꺼운 일전이었다.

그런데…….

"왜 마계가 아직 안 없어졌지?"

마계의 주인인 악마가 죽으면 마계는 자연히 없어진다. 크리스티나로부터 그렇게 들었다. 나는 방금 악마를 죽였다. 경험치도 들어왔고, 뿔도 남기고 갔다. 아이템 루팅까지 끝났다.

그런데 왜? 어째서 오히려 악마가 죽기 전보다 훨씬 빠른 속도로 마계가 세계를 침식하고 있는 걸까?

"설마……."

마계로부터 느껴지는 저 불길한 마기. 그리고 직감.

마지막으로 악마의 유언.

'다음에는, 다음에는 반드시!'

생각해 보면 그건 유언이 아니었던 셈이다.

"아, 하긴 그렇지."

나는 입에서 나오려는 욕설을 억지로 씹어 삼키곤, 웃으려고 노력했다.

"플레이어도 코인만 있으면 살아나는데, 악마라고 그러지 말라는 법은 없지."

그것은 최악의 예상이었으나, 동시에 가장 가능성이 높은 가설이기도 했다. 아니, 가설이라고 하는 것 자체가 정신 승리에 가깝다.

"이 정도면 확실하다고 봐야지."

결국 난 웃을 수 없었다.

악마는 완전히 죽지 않았다. 저 마계의 악마성에서 되살아났다. 확실했다. 내겐 그 기운이 느껴졌다. 게다가 악마는 더욱 강해져서 되살아난 게 틀림없었다.

마계 안에 자리 잡은 악마로부터 느껴지는 기운은 방금 전에 때려잡았던 때의 악마와는 비견조차 불가능할 정도였으므로.

                    *   *   *

악마 군주 뤼펠의 마계, 텅 비어 있던 악마성의 옥좌.

파앗!

그 옥좌 위에 작은 구슬이 하나 생겨났다. 그것은 뤼펠의 코어였다. 그 코어로부터 뼈가 돋아나고, 살이 붙어, 어느새 뤼펠의 형상이 되었다.

"끄어어어······."

그러나 이진혁의 앞에 드러냈던 원래의 모습과 완전히 같지는 않았다. 온몸은 상처투성이였고, 특히 난도질당한 등의 상처가 심각했다. 더욱이 뿔이 하나 잘려 나갔으며, 무엇보다 그

크기가 작아져 있었다.

빌딩을 연상케 만들 정도로 거대했던 뤼펠의 크기는 지금
은 기껏해야 불과 지구인 정도의 키가 되어버리고 말았다.

"크큭, 그그극!!"

자신의 몸보다 훨씬 큰 옥좌에서 기어 아래로 내려온 뤼펠
은 아직 비틀거리는 발걸음으로 허겁지겁 악마성의 어딘가로
향했다. 그곳은 식자재 창고였다.

원 상태의 뤼펠은 이 식자재 창고에 출입도 하지 않았다.

본래는 악마성 전체가 그의 몸이나 마찬가지라, 그가 원하
는 때에 원하는 것을 얻을 수 있었다. 별다른 스킬이나 능력
을 쓸 필요도 없었다. 인간의 육체로 비유하자면, 그저 숨을
쉬기만 해도 공기가 폐로 들어가 산소를 흡수하고 적혈구를
통해 전신에 자동으로 공급되는 것이나 다름없는 일이었다.

그러나 지금은 달랐다. 생명력과 마기를 지나치게 잃은 터
라, 악마성조차 그의 말을 듣지 않았다. 말하자면 목숨은 붙
어 있지만 심장은 멈춘 것이나 다름없었다.

참담한 기분을 느낄 새는 없었다. 뤼펠에게는 더 급한 용무
가 있었으므로.

뤼펠은 식자재 창고에 놓인 인류종의 혼을 하나 집어, 급히
씹어 먹기 시작했다. 평소라면 갖가지 방법으로 인류종의 혼
이 지르는 고통과 공포의 비명 소리를 음미하며 조리를 마친
후에나 입에 대련만, 지금의 그에게 그런 악마 군주다움은 찾

아볼 수가 없었다.

그렇게 몇 명의 혼을 집어삼켰을까. 아니, 수십 명, 수백 명에 달하리라. 그동안 비축해 왔던 혼의 절반쯤을 먹어 치우고서야 뤼펠이 먹는 속도가 조금 느려지기 시작했다.

지구인만 하던 체구도 약간은 커져 두세 배쯤은 되었고, 악마성도 이제 그의 말을 듣기 시작해 자신의 손으로 인류종의 혼을 움켜잡고 먹을 필요도 없게 되었다.

"컥, 쿠흡. 쿨럭! 후우우우⋯⋯."

그제야 그 자리에 나자빠지듯 드러누운 뤼펠은 기침을 몇번 하고는 호흡을 안정시키려고 노력했다. 혼의 힘이 전신을 돌며 잃었던 힘을, 마기를 보충시켜 준다. 그리고 멈췄던 심장이 다시 뛰기 시작하듯, 악마성도 그에게 세계를 침식해 얻은 마기를 공급해 주기 시작했다.

"사, 살았다⋯⋯."

허기가 가시자 안도가 찾아왔다. 마계를 열어놓고도 밖에 나갔다 죽는 얼간이가 될 뻔했으니, 안도할 만도 했다.

"그, 그 지구인!"

안도의 한숨을 내쉬는 것도 잠시. 일단 몸이 편해지자 이제까지 잊고 있던 분노가 되살아났다.

"절대 용서하지 않겠다!!"

자신의 목숨을 한 번씩이나 빼앗은 죄는 죽음으로도 용서가 되지 않는다. 뤼펠은 그 지구인의 혼을 되도록 깨끗이 뽑아내, 수천 년 동안에 걸쳐 핥아 먹으리라고 다짐했다.

그러나 뤼펠이 아무리 악마라도 더 이상 무모한 방법을 택할 순 없었다. 악마 사냥꾼을 상대로 마계 바깥에서 싸운다는 건 자살행위라는 것을 그 또한 실제로 한 번 죽어보면서까지 학습했으니까 말이다.

게다가 그 지구인은 플레이어였다. 정말 통탄스러운 일이지만, 아마도 자신을 죽이면서 다시 한번 크게 성장했을 터였다.

"…한동안은 힘을 쌓는다."

어려운 일은 아니었다. 마계는 세계를 집어삼키며 멋대로 영역을 넓혀갈 거고, 뤼펠은 그 과정에서 얻어지는 마기를 수확하기만 하면 됐다.

그가 그 시간 동안 할 일이란 그저 악마성의 옥좌에 앉아 인간종의 혼을 씹어 먹으며 권태로움과 싸우는 것이 전부였다.

*　　　　*　　　　*

"…역시 틀어박히기로 결정한 모양이로군."

나는 지금 악마의 마계 앞에 와 있었다.

마계는 꾸물거리며 주변의 세계를 먹어 치우고 있었지만, 내가 이렇게 가까이 와 있음에도 악마가 뛰쳐나오거나 하지는 않았다.

심지어 악마를 꼬여낸다는 원래 계획대로 [욕망의 독]을 마계 앞에 꺼내놨음에도 반응이 없는 걸 보니, 아무리 욕망에 충실한 악마라도 한 번 사망했던 트라우마마저 무시하지는 못하는 모양이었다.

"이거 골치 아픈데."

나는 뒷머리를 벅벅 긁었다.

마계 안의 악마는 내가 못 이긴다. 이건 직감이 내게 말해주고 있다. 게다가 마계 안의 악마는 시간이 지날수록 강해진다. 마지막으로 마계 때문에 주변의 차원 좌표가 엉클어져서 인류연맹으로의 도주도 불가능하다.

"데드 엔드잖아, 이거."

악마가 마지막으로 내게 보였던 시뻘건 눈동자가 기억에 강렬히 각인되어 있다. 용암처럼 들끓는 원한이 그 눈동자를 가득 채우고 있었다. 악마는 결코 날 포기하지 않을 것이다. 이건 굳이 직감의 힘을 빌리지 않아도 쉬이 예상할 수 있는 일이었다.

"반드시 죽여야 해. 무슨 수를 써서든."

죽이지 않으면 죽는다! 나와 악마의 관계는 이미 그렇게 정립되고 말았다.

그때였다. 띠링, 하는 소리와 함께 내 안구에 새로운 퀘스트가 들어왔음을 알려주었다. 나는 시스템 메시지를 불러내 그걸 확인했다.

[세계 퀘스트]
  ―의뢰인: 세계
  ―분류: 구원
  ―난이도: 매우 어려움
  ―임무 내용: 악마의 마계가 세계를 침식하고 있습니다. 구세주여, 부디 이 세계에 구원을!
  ―수락 보상: [세계의 힘 파편] 10개
  ―해결 보상: [레벨 업 쿠폰] 10매, 월드 타이틀 [구세주]

음? 뭐지? 이 퀘스트는? 의뢰인이… 세계?

나는 레벨 업 마스터를 켜서 이 퀘스트가 뭔지 크리스티나에게 물어보았다.

―이 퀘스트라뇨? 아무것도 안 보이는데……. 제가 대영웅님께 드린 퀘스트도 없고요. 그런데 의뢰인이 세계라고요? 어… 정말인가요?

어째선지 크리스티나는 굉장히 당황한 것 같았다.

―…아무래도 그 세계가 대영웅님을 구세주로 선택한 모양이네요.

"구세주라고?"

―네. 세계의 의지를 대행해 '세계를 구하는 자', 즉 구세

주요.

아, 그러고 보니 구세주라는 단어가 그런 뜻이었지.

—다른 수락 조건은 없나요? 세계의 대리인이 되라든가, 뭐 그런 말을 퀘스트 내용에 써놨을 것 같은데.

"없어."

—없어요!?

없다는 말에 더 놀라다니. 보통 때는 있는 게 당연한 건가?

—그렇다면 세계의 힘을 무료로 빌릴 수 있는 거나 다름없잖아요!

"세계의 힘을 빌리다니? 무료?"

—방금 그렇게 말씀하셨잖아요? 퀘스트 수락 보상이요.

그래, 그렇게 말했다. 세계의 힘. 정확히는 [세계의 힘 파편].

세계의 힘을 끌어낼 수 있다는 설명이 붙어 있었다.

퀘스트를 수락하는 것만으로도 얻을 수 있다는 데서, 크게 좋은 건 아니리라고 생각했다. 그런데 크리스티나의 반응을 보니 내 인식보다는 대단한 것인 듯했다.

"그게 대단한 거야?"

—네. 세계의 힘을 구세주에게 밀어줌으로써, 강력한 힘을 발휘하도록 할 수 있어요. 해당 세계에서만 쓸 수 있다는 제약이 붙어 있지만, 거의 신의 힘에 필적할 정도로 강력한 힘이죠.

신의 힘이라……. 사실 이미 내겐 신의 힘이라 할 수 있는 권능 스킬이 있긴 하다. 그리고 조건을 만족시켰을 경우 권능 스킬은 정말 대단한 위력을 내기도 하고 말이다.

조건을 만족시키지 못했을 경우가 문제지만, 세계의 힘은 아이템을 사용한다는 간단한 조건만 충족시키면 되는 셈이니 그런 걱정을 할 필요는 없을 것이다.

─그쪽 세계가 급하긴 급했나 보네요. 원래라면 조건을 여러 개 건다든지, 플레이어끼리 경쟁을 시킨다든지, 수락 보상이 아니라 해결 보상으로 준다든지 했을 텐데…….

크리스티나의 말을 들어보면 보통의 경우 세계가 세계의 힘을 이렇게 쉽게 내어주지는 않는 모양이었다. 아마도 세계 자체의 힘을 내어주는 거다 보니 사용자를 가리는 것이겠지. 내 추측이지만, 크게 틀린 추측은 아니리라.

하지만 세계의 힘을 대리해서 행사할 플레이어가 이 주변엔 나밖에 없기 때문에, 특례로써 내게 그냥 힘을 몰아주기로 한 것 같다.

정확히는 나 외의 플레이어는 안젤라와 키르드가 있지만, 내가 더 강하다. 더군다나 저 악마를 상대할 수 있을 만한 힘을 지닌 플레이어는 나뿐이다.

물론 내가 악마를 상대할 수 있는 건 지금 직업이 악마 사냥꾼이라 그렇다. 이미 경험해 본 바지만 악마 사냥꾼 직업의 힘을 빌리지 않고, 특히나 [악마에 대한 증오심] 스킬 없이 악마를 상대하는 건 매우 힘들다.

"좋아, 그럼 수락한다?"

—수락 조건이 없다면야 뭐, 그러시는 편이 좋겠네요.

크리스티나는 뭔가 마음에 안 드는 듯 입술을 삐죽이긴 했지만, 결국 반대할 이유를 찾지 못한 건지 고개를 끄덕이고 말았다. 아무래도 인류연맹 소속인 그녀 입장에서는 세계에게 나를 빼앗기는 것 같은 느낌이라도 드는 걸까? 뭐, 굳이 물어볼 필요는 없는 질문이리라.

나는 퀘스트를 수락했다. 수락 보상은 바로 내게 주어졌다. [세계의 힘 파편]이 아이템 형식으로 내 인벤토리에 굴러들어 왔다.

"…흠."

나는 곧장 인벤토리에서 [세계의 힘 파편]을 하나 꺼내 손에 들었다. 그러자마자 나는 이 힘을 어떻게 써야 하는지 금방 깨달았다.

[세계의 힘 파편]을 꽉 쥐자, 파편이 부스러지면서 세계의 힘이 흘러나왔다. 그리고 그 힘은 주변을 물들이기 시작했다.

아니, 물들였다는 표현은 조금 어폐가 있나. 왜냐하면 파편에서 뿜어져 나온 세계의 힘에 적셔진 주변 공간은 더욱 진한 색채를 띠기 시작했기 때문이다. 그것은 단순히 시각적으로만 느껴지는 것은 아니었다. 내 오감과 직감이 주변의 모든 것에서 존재 그 자체가 진해졌다는 것을 내게 알려주고 있었다.

그리고 그 모든 것에는 나 자신도 포함되어 있었다. 그 순간, 비로소 나는 이 세계의 일부분이 되었다고 느꼈다.

이 세계에 존재하고는 있지만, 엄밀히 말하자면 나는 이 세계에서 이방인이었다. 어쩔 수 없이 느껴지는 위화감이라는 게 있었다.

이곳은 내 고향이 아니고, 나는 이곳 사람이 아니라는 부정할 수 없는 감각. 어쩌면 내가 지구를 별로 좋아하지 않으면서도 때때로 지구에 대해 강하게 의식하고 마는 것은 그 감각 때문일지도 몰랐다.

그러나 지금, 세계의 힘을 다루는 능력을 지니게 된 나는 더 이상 그런 감각을 느끼지 못하게 되었다.

나는 더 이상 이방인이 아니다.

주변의 모든 것들이 나의 편이 되었다. 이 세계 자체가 내게 힘을 빌려주고 있다. 웃기게도, 나는 마치 가족과 함께 있는 것 같다고 느꼈다. 지구에서 가족 같은 건 가져보지도 못한 주제에 말이다.

"아무튼 좋아. 어쨌든 좋아."

이유도 모르게 눈물이 나올 것 같았지만, 나는 억지로 그 감정을 끊어내었다. 그보다 중요한 건 내가 이 힘으로 뭘 할 수 있느냐, 어디까지 해낼 수 있느냐. 그거였으니까.

세계의 힘은 무한한 것은 아니었다. 굳이 따지자면 [세계의 힘 파편]을 부숴 힘을 다루게 된 나를 중심으로 약 100m 정도의 공간이 전부였다. 이 공간에 세계의 힘이 집중된 셈이다.

이 공간 안에 한해서 나는 대단한 힘을 발휘할 수 있다.

*   *   *

예를 들어, 이런 식으로.

터벅, 터벅.

쿠구구구구구······.

앞으로 걸어가 돔을 마계와 접촉시키는 것만으로도, 이렇게 접촉한 부분의 마계를 침식해 없애 버리는 것까지 가능해진다. 그로 인해 파편으로 얻은 세계의 힘도 줄어들고 있었지만, 이것이 세계가 내게 바란 세계의 힘의 올바른 활용법이리라.

문제는 세계와는 반대로 악마가 이 현상을 굉장히 꺼릴 것이라는 점이다. 그야 그렇지. 내가 침식하는 건 마계, 악마의 마기로 이뤄진 공간이다. 이 침식은 그 힘의 침식을 뜻하며, 악마의 회복과 성장을 방해하는 침식이기도 했다.

악마로서는 도저히 두고 볼 수 없는 행위이리라.

아니나 다를까.

두두두두두두.

악마가 거느린 권속의 군세가 나를 향해 몰려들기 시작했다. 악마가 직접 날아오진 않는 걸 보니 역시 날 두려워하는 것 같지만, 그건 악마에게 있어 옳은 판단이었다.

악마 사냥꾼의 스킬 특성상, 악마 본체보다 스킬 효과를 무시하는 특성이 달린 권속이 상대하기 껄끄럽다. 다수를 상대하는 것 또한 단일 대상의 목표를 적으로 삼는 것보다 불리했고.

그러나 동시에 이것은 내게 기회이기도 했다. 나는 플레이어, 적의 죽음을 바탕으로 성장하는 존재. 저렇게 많은 권속을 모조리 살해할 수만 있다면 나는 그만큼 더 강해지겠지.

적들의 양이 좀 많긴 하지만, 이 세계의 힘 파편으로 만든 권역에서 나는 몇 배의 힘을 발휘할 수 있다. 저것들의 죽음을 전부 먹어 치우는 것이 불가능한 일은 아니다!

"집어삼켜 주마!"

나는 곧장 내 무기들을 꺼내 들었다.

*   *   *

악마도 바보는 아닌 모양이었다. 나를 잡으러 보낸 권속들은 하나같이 나와 상성이 좋지 않은 스킬 무효화 속성을 지닌 것들이었으니까. 게다가 일전에 잡은 그 권속보다 훨씬 강했다. 그런 놈들을 잔뜩 보내왔다.

전력을 찔끔찔끔 보내는 것보다 단번에 몰아붙여 날 죽이거나 최소한 뒤로 물리기라도 하는 게 더 낫다고 여긴 탓이겠지.

그렇다 보니 내가 두세 배의 힘을 발휘할 수 있게 해주고 내 적들은 힘이 반감되는 세계의 힘 권역 안이라 한들 악전고투를 피할 수는 없었다. 만약 내가 악마를 한 번 잡아 죽이기 전이었다면 죽어 있던 건 나였을 터였다.

그러나 나는 이미 한 번 악마를 죽였고, 그만큼의 경험치를 받았으며, 악마 사냥꾼의 레벨을 올린 데다, 그 덕에 새로운 스킬을 얻었다.

[증오의 가시(Thorn of Hatred)]
—등급: 매우 희귀(Super Rare)
—숙련도: A랭크
—효과: 악마에 대한 증오심을 소모하여 가시를 돋아낼 수 있다.

[악마의 힘(Demonic Strength)]
—등급: 매우 희귀(Super Rare)
—숙련도: B랭크
—효과: 악마에 대한 증오심을 소모하여 힘으로 바꾼다.

두 개의 스킬 모두 적당히 숙련도를 올려두긴 했지만 시간이 촉박해 C랭크가 고작이었으나, 상대하는 권속들이 모조리 강적들이었기에 이 자리에서 여기까지 숙련도를 올릴 수 있었다.

이번만큼은 적들이 강해 힘 조절을 할 여유가 없었으므로, 전부 적을 전력으로 상대해서 얻은 수련치이기도 했다.

증오심을 지속적으로 소모해야 하므로 [악마에 대한 증오심]을 전투 중에도 계속해서 사용해야 했고, 그 때문에 스킬의 소모값으로 끈질긴 고통과 생명력 손실이 이어졌지만 감수해야 했다. 두 스킬 모두 그럴 만한 가치가 있었기 때문이다.

푸학!

지면에서 솟아오른 내 키의 두 배 정도는 되어 보이는 거대한 가시. 이젠 이걸 가시라고 불러야 할지도 의문이지만…….

어쨌든 이 가시는 내게 달려드는 적에 대해 강력한 저지력을 행사할 수 있게 해준다. 물론 저지와 동시에 피해를 입히고 반격의 기회를 잡게 해주는 것 또한 좋다.

"끄어업!"

보라, 또 한 명의 적이 꿰뚫렸다. 이제는 적들도 가시의 존재를 알아차리고 충분히 조심하고 있지만, 그래도 완전히 의외의 장소에서 튀어나오는 가시에 족족 걸려들고 있었다.

나는 가시에 꿰뚫린 놈을 향해 [바즈라다라의 바즈라]의 [항마의 칼날]를 휘둘렀다.

놈 또한 스킬이 통하지 않는 특성을 갖고 있었기에 실제론 큰 피해를 줄 순 없었지만, [악마의 힘] 스킬이 놈의 몸을 뒤덮

고 있는 마기를 무시하고 놈의 목을 날릴 수 있는 힘을 부여
해 주었다.

그랬다. [악마의 힘]의 설명문에 표기된 힘은 근력이 아니다.
사실은 마기였다.

악마 사냥꾼이 마기를 다룰 수 있게 된다는 건 뭐, 별로 상
상하기 어려운 일은 아니었다.

'심연을 들여다보는 자를 심연 또한 들여다보고 있다'는 니
체의 말을 굳이 꺼낼 필요도 없다. 악마 사냥꾼이 마를 사냥
할수록 악마에 가까워지리란 건 클리셰에 가깝고, 그런 창작
물이 잔뜩 있었다는 건 어느 정도 현실을 반영한 결과물일
테니까.

마기를 통한 방어는 더 진한 마기로 무시할 수 있었고, 나
는 단 일순간만 [악마의 힘]을 사용하는 식으로 마기 차이를
극복하고 있었다.

투두둑.

놈의 머리가 땅을 뒹굴다가 마기 덩어리로 화해 흩어졌다.

ー레벨 업!

"…드디어."

나는 한숨처럼 그런 혼잣말을 토해냈다. 그래, 드디어. 나는
악마 사냥꾼 20레벨에 도달했다.

[악마화(Demonization)]

—등급: 매우 희귀(Super Rare)

—숙련도: 연습 랭크

—효과: 악마를 죽이는 자, 악마가 된다.

그리고 어떤 의미에서는 예상대로의 스킬이 나왔다.

악마화를 사용하면 악마 사냥꾼의 스킬들을 좀 더 강력하게 사용할 수 있고, 특히 악마의 힘인 마기를 그대로 공급받을 수 있다고 한다. 싸우면서 읽기엔 복잡한 내용이었지만, 이번에 목을 떨어뜨린 놈이 마지막 놈이었기에 나는 얼마간 여유를 가질 수 있었다.

"…신도 악마도 될 수 있는 건가."

흐훗, 하는 웃음이 입술 사이로 새어 나왔다.

신성과 마기를 동시에 사용할 수 있는지에 대해서는 이미 결론이 난 상태다. 답은 그렇다, 이다. 악마의 힘이 마기인지라, 나는 이미 그 힘과 함께 신성을 끌어 올려 베는 불꽃의 검과 동시에 사용해 본 상태였다. 그런 문제에 대해서는 고민할 필요가 없었다.

그럼에도 불구하고 나는 악마화를 사용해 보는 건 뒤로 미뤘다. 악마화를 사용하면 지금보다 강해지는 거야 확실하지만, 다른 문제가 마음에 걸렸다.

악마화 스킬에 대해서는 주리 리가 사전에 경고를 한 바 있었다. 남용하면 진짜 악마가 되어버릴 수도 있다고 말이다. 뭐, 남용하면 그렇다는 소리다. 지금 내가 악마화를 써봐야 얼마나 쓰겠는가? 이건 진짜 문제가 아니었다.

진짜 문제는 바로 내가 이 스킬을 사용했을 때 이 세계가 어떤 반응을 보이는가, 였다.

세계가 악마를 적대시하는 건 의심할 여지도 없는 진실이었다. 마계나 열고 다니며 세계의 힘을 자신의 것으로 소화시키려는 놈들을 좋아할 이유가 더 적었다. 애초에 내가 세계에게서 받은 퀘스트가 마계를 없애라는 것이기도 했고.

그런데 내가 악마화를 하면 과연 이 세계가 좋아할까?

나는 지금 [세계의 힘 파편] 사용으로 세계의 힘을 빌려서 싸우고 있었고, 그 상태에서 간신히 악마의 권속들을 상대로 우위를 점하고 있었다. 전황이 이 모양인데, 만약 악마화로 세계의 미움을 사, 버림이라도 받으면 나는 죽은 목숨이나 다름없게 된다.

그러니 해보더라도 다음에 한다. 나는 그렇게 결론을 내렸다.

뭐, 혹시나 정말 안 될 것 같으면 써보든가 하겠지만 지금은 아직 그런 상황이 아니니까.

평소라면 직감에 따를 테지만 이 문제에서만큼은 아무런 직감이 느껴지지 않았다. 야전 마법포병을 고를 때도 이랬지.

이런 건 내가 알아서 판단해야 한다.

"…휴식은 이걸로 끝이로군."

다음 웨이브가 몰려오고 있었다. 그렇다, 웨이브. 저 악마의 권속들이 파도처럼 넘실대며 내게 몰려오고 있었다.

"징그러운 것들."

하지만 잘 씹어 삼키는 데만 성공하면 영양 만점의 경험치 덩어리들이다.

나는 입술 끝을 비틀어 올렸다.

"덤벼라!!"

잡아먹고 성장해 주마!

*　　　　*　　　　*

뤼펠은 옥좌에 앉아 벌벌벌 떨고 있었다.

"왜, 상황이 왜 이렇게 된 거지? 내가 뭘 잘못한 거야……?"

뤼펠이 이제까지 권속을 아슬아슬하게 뽑은 건 권속이 전부 자신의 마기로 이뤄진 존재기 때문이다. 마기는 악마의 힘이며 존재의 원천이다. 즉, 권속을 뽑을수록 뤼펠의 힘이 영구적으로 줄어든다.

그러니 효율적으로, 딱 필요한 만큼만 권속을 뽑으려 드는 건 당연한 판단이었다.

그러나 뤼펠은 지금은 그 판단을 후회하고 있었다. 처음부터 권속을 잔뜩 뽑아 저 증오스러운 악마 사냥꾼을 진작 처리해 뒀더라면 이럴 일은 없었을 테니까.

"저, 저놈이 구세주가 되다니……. 저놈, 지구인 아니야? 지구인이 왜 이 세계의 구세주가 돼? 세계의 의지가 미쳐서 돌아버린 건가?"

뤼펠도 세계가 임명하는 대리인, 구세주에 대해서는 알고 있었다. 그도 악마로서 꽤 오래 굴러다닌 몸이니 그 정도 소문은 들었다. 만약 다른 세계에 마계를 열 기회가 있다면 가장 주의해야 할 존재로, 세계의 힘을 다루어 오히려 마계를 침식해 악마 군주를 파멸시킬 수도 있다고 했다.

그러나 세계가 아무에게나 세계의 힘을 나눠주어 자신의 대리인으로 굴릴 수 있는 건 아니다. 최소 조건이 자신의 세계 출신에 충분히 강한 데다 튜토리얼을 마친 플레이어야 했다. 그렇다 보니 뤼펠이 아는 한 이 세계에 구세주가 출현할 가능성은 0%에 가까웠다.

뤼펠이 괜히 자신만만하게 마계를 열어젖힌 게 아니었다. 물론 열 땐 다소 충동적으로 연 거긴 하지만, 악마는 기본적으로 계산이 빠른 존재고 뤼펠은 악마 중에서도 머리가 좋은 편에 속했다.

뤼펠도 이 세계에 대한 정보는 대충 습득해 뒀고, 리스크가 거의 없다고 판단했기 때문에 마계를 열 수 있었던 거였다.

그런데 이 세계가 자기 세계 출신도 아닌 지구인에게 세계의 힘을 맡기고 구세주로 삼다니!

이런 상황은 생각해 본 적도 없었다. 말 그대로 이변. 지금까지 단 한 번도 일어나지 않은 일이다. 이런 변수를 계산에 넣을 수 있을 리 없었다. 뤼펠이 자기도 모르게 내뱉은 말대로, 세계가 미치지 않은 한 일어날 수 없는 일이기에 그랬다.

만약 세계의 의지가 미쳐서 돌아버렸다면 그 원인은 분명 뤼펠에게 있을 터였다. 먼저 이 세계에 마계를 열어 세계의 힘을 쪽쪽 빨아먹은 건 뤼펠 쪽이었으니까.

그러나 뤼펠은, 악마는 자학 같은 건 하지 않는다. 반성도 하지 않는다.

"미친 세계! 구세주에게 배신당해 세계의 힘을 등쳐 먹히는 게 고작이겠지!! 멍청한! 그대로 멸망해 버려라!!"

뤼펠이 지금 품고 있는 감정은 이 세계에 대한 원망과 증오였다. 남 탓이야말로 가장 악마다운 짓이고, 뤼펠은 본성부터가 순수한 악마였다.

실컷 세계에 대한 욕설과 저주를 토해냈지만, 뤼펠의 마음은 조금도 시원해지지 않았다.

"크흐으윽…… 어쩌지, 이제 어쩌지?"

과거에 잘못된 판단을 했던 대가를 뤼펠은 지금 치르고 있었다.

만약 그 지구인을 처음부터 전력으로 몰아붙였다면 이런 일은 일어나지 않았을 것이다. 아니, 그 전에 마계를 열지 않았더라면, 다른 악마 군주들을 죽이지 않았더라면, 애초에 사전에 계획한 대로 권속을 보내지 않고 직접 움직였더라면!

지금 와서 후회해 봤자 의미도 없는 일이다. 뤼펠은 그렇게 잘라내고 현재에 충실했다. 당장의 문제를 해결하기 위해 권속을 마구잡이로 뽑아 전선에 밀어 넣고 있었다. 당연히 이는 말도 안 되게 비효율적인 짓이며, 그 자신의 힘을 근본에서부터 갉아먹는 행위였다.

그런데 뤼펠이 거의 한계에 가깝게 권속을 뽑아 보내고 있음에도, 악마 사냥꾼의 걸음을 멈출 수 없었다. 악마 사냥꾼은 태어나면서부터 구세주였던 것처럼 세계의 힘을 능숙하게 다뤄 마계를 갉아먹고 있었고, 뤼펠은 그 감각에 전율했다.

마치 벌레에게서 손가락부터 갉아 먹히고 있는데 온몸이 꽁꽁 묶여 아무런 저항을 하지 못하는 것 같은 무력감이었다.

"이대로 가면 파멸뿐이야!!"

악마 사냥꾼은 그의 손가락을 갉아 먹는 걸로 멈추지 않을 것이다. 손을 갉아 먹을 거고, 팔뚝을 모조리 파 먹을 거고, 심장에까지 도달하고 말리라.

마계의 심장에 해당하는 부분은 이 악마성. 그리고 뤼펠 본신이다.

저 증오스러운 세계의 힘이 자신을 갈기갈기 찢어놓는 상상을 하고 만 뤼펠은 공포와 절망으로 몸을 부르르 떨었다.

"지, 지금이라도 마계를 접고 도망가면……."

그러면 악마 사냥꾼이 자신에게 달려들어 목숨을 끊어놓고
말 테지! 이미 한 번 살해당한 적이 있어봐서 잘 안다. 더욱이
세계의 힘을 다루게 된 악마 사냥꾼은 더욱 강해져 있었고,
자신은 반대로 권속을 너무 많이 뽑아 심각하게 약해져 있었
다.

게다가 뤼펠은 자신의 마계와 악마성이 없다면 살해당한
후에는 부활도 못 한다.

그럼 어떻게 되겠는가? 그 끝은 실로 명확했다.

"소, 소멸."

무엇보다 두려운 단어에, 뤼펠은 부르르 떨었다.

"누, 누가 날 좀 살려줘. 이럴 운명이 아니었어. 나는 왕, 나
는 군주, 나는 패왕이 될 운명이었단 말이다!!"

뤼펠은 미친 듯이 소리 질렀지만, 그 소릴 듣는 이는 없었
다.

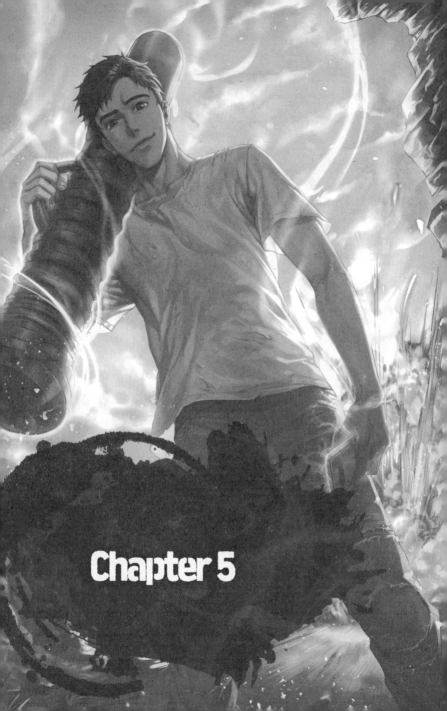

Chapter 5

웨이브가 끊겼다. 그래, 웨이브. 악마가 보내는 권속들의 파도. 그게 언제부턴가 딱 끊겨 버렸다.

"으아악, 안 돼! 저리 가! 내게서 떨어지란 말이다!!"

마지막 악마의 권속은 두려움에 몸부림치다 죽었다. 아무래도 악마가 도주를 금지한 모양인데, 나한텐 좋은 일이었다. 도망치는 놈들 잡으려고 쫓아다니는 것만큼 피곤한 일도 없거니와, 세계의 힘 권역이 움직이는 속도는 내가 낼 수 있는 최고 속도보다 많이 느리니까.

아무튼, 이걸로 눈앞에 나타난 적은 전부 다 죽었다.

"쳇."

그 사실을 깨달은 나는 아쉬움에 혀를 찼다.

천자총통으로 쏘고 바즈라로 찌르고 진리의 검으로 베어 넘기고, 신성의 불꽃과 마기의 칼날을 휘둘러 정신없이 적을 죽이다 보니 어느새 나는 악마 사냥꾼 29레벨에 도달해 있었다.

악마 사냥꾼이라는 직업은 원래 딱 악마만 죽이고 버리려고 택한 거였는데, 어쩌다 보니 내가 택한 직업 중 가장 레벨이 높은 직업이 되어 있었다. 반격가는 40레벨이지만 1차 직업이라 같은 선상에 놓고 비교하기 좀 그렇고 하니 말이다.

[증오의 가시]와 [악마의 힘]도 S랭크에 달했고, 25레벨에 새로 얻은 악마 사냥꾼 스킬도 A랭크까지 올렸다.

[마신참(Kill the Demon God)]
─등급: 고유(Unique)
─숙련도: A랭크
─효과: 마기를 끌어 올려 적을 벤다.

이게 25레벨 스킬이었다. 악마 사냥꾼을 한계돌파 해서까지 레벨을 올리는 사람은 달리 없는지, 스킬 등급이 유니크급이 되어버린 건 인상적이었다.

마기를 소모하는 스킬이라 악마화와 함께 사용하면 더 셀 것 같았지만, 나는 그냥 [악마의 힘]으로 얻은 마기를 이용했다. 스킬이라 그런지 내가 직접 마기를 운용하는 것보다 효율이 좋아 꽤 쓸모 있었다.

[바즈라다라의 바즈라]의 옵션인 [항마의 칼날] 스택도 한계까지 쌓아 근력과 강건과 신성을 잔뜩 쌓은 것도 무시할 수 없는 소득이다.

[바즈라다라의 바즈라] 숨겨진 옵션 개방!
[항마의 뇌명]: 신성을 소모한다. 활성화 후 바즈라를 던지면 투척 지점에 벼락을 내리꽂는다.

그 후, 바즈라는 소유주의 손에 돌아온다.

스택을 다 쌓았더니 이런 게 생겨 있었다. [뇌신의 징벌]만큼은 아니지만 위력이 꽤 대단해서 쏠쏠하게 써먹었다. 신성을 소모하긴 하지만 이건 한 번 활성화하면 일정 시간 동안 여러 번 쓸 수 있었다. 악마의 군세를 상대하기엔 딱 좋은 옵션이었기에 잘 활용했다.

"꽤 얻은 게 많군."

악마의 군세는 날 소모시키기는커녕 더욱 성장시킨 셈이 되었다. 좋다, 좋은 일이다. 그래서 더욱 아쉬울 수밖에 없었다.

이제야 좀 상대할 만했는데. 그리고 이제야 재밌어지려던 참이었는데. 그리고 이왕 이렇게 된 거 악마 사냥꾼 레벨 30도 찍고 마신참의 랭크도 S를 찍고 싶었는데 말이다.

사실은 이게 아쉬워할 일은 아니다. 오히려 기뻐해야 마땅하다. 악마의 군세가 더 이상 다가오지 않는다는 건 악마가 주도적으로 전장을 조율할 능력을 잃었다는 것이고, 그만큼 힘을 잃었다는 뜻이니까.

더욱이 여기까지 오는 데 소모하지 않은 게 없는 건 아니다.

생명력과 체력, 마력은 레벨 업으로 회복되니 소모되었다고 할 수 없지만, 신성은 다르다. 설령 레벨 업을 한다고 해도 바로바로 회복되는 자원이 아니다. 그래서 아껴야 했는데, 악마 사냥꾼 스킬의 숙련도가 낮을 때는 어쩔 수 없이 신성을 투입할 수밖에 없었다.

하지만 신성은 작은 문제다. 더 중요한 건 이거였다.

"남은 [세계의 힘 파편]은 다섯 개."

악마의 진정한 목적은 이 파편을 소모시켜 나로 하여금 더 이상 마계를 침식하지 못하게 하는 거였겠지만, 그 목적은 딱 절반만 달성됐다. 아니, 조금은 더 달성되려나. 이제 남은 파편들을 써서 악마성을 향해 진격해야 하니까.

더군다나 아마도 악마는 악마성에서 마지막 반격을 준비하고 있을 것이고, 그건 총력전이 될 터였다. 남은 신성과 [세계의 힘 파편]도 거기서 다 소모할 생각을 해야겠지. 아마 아끼진 못할 것이다. 지금까지 이상으로 힘든 싸움이 날 기다리고 있을 테니까.

그런 생각에, 나는 스트레스를… 받아야 하는데.

"…흐훗."

이 입가의 미소는 뭘까? 왜 이렇게 기대되지?

뭐 좋다. 아무튼 좋다.

뚜벅뚜벅.

나는 세계의 힘 권역이 마계를 침식시킬 수 있도록 몇 걸음 더 걸어갔다. 속도를 내고 싶은 마음은 굴뚝같지만 이 속도가 가장 효율적이니 어쩔 수 없다.

천천히, 하지만 확실하게.

나는 악마의 마계를 정벌하고 있었다.

＊　　　＊　　　＊

나는 악마성 앞에 도달했다.

"…여기까지 왔으니, 더 이상 악마 놈도 틀어박혀만 있을 수는 없겠지."

이제 피할 수 없는 최종전을 목전에 두고 있다.

악마가 힘을 많이 소진했다지만 그렇다고 만만한 상대는 아니었다. 가까이에서 보니 더욱 거대한 악마성, 그 건물 전체에서 마기가 피어오르고 있었다. 저 마기 전부가 악마의 것이다. 직감도 찌릿찌릿하게 위험을 알리고 있었다.

"그렇다고 여기서 돌아갈 순 없지."

그거야말로 악마가 바라는 전개일 터였다. 남은 [세계의 힘 파편]은 셋. 여기서 퇴각하는 데 파편 하나를 다 안 쓴다고 가정하더라도, 여기까지 다시는 진군하지 못할 터였다.

놈의 목을 칠 마지막 기회다. 나는 전의를 가다듬었다.

[3대 삼도수군통제사 대장선 천자총통]—[상유십이]
[동시 방열]

차르르르륵!

12문의 천자총통을 방열. 여기까지 걸어오는 동안 포탄들은 이미 생산과 강화를 마쳐 언제라도 발사할 수 있는 상태가 되었다.

"야! 나와!"

쿠콰콰콰콰쾅!!

동시에 열두 발의 포탄이 악마성에 꽂혀 화려한 폭발을 일으켰다. 그러나 그것은 그저 보기에만 화려할 뿐. 악마성 주변에 둘러진 마기를 뚫지는 못했다. 마기를 어느 정도 중화시킬 수 있다고는 하나, 결정적인 역할을 하진 못할 터.

결국 내가 직접 걸음을 옮기는 게 가장 확실했다.

뚜벅, 뚜벅.

즈즈즈… 즈즈즈즛…….

내 걸음에 맞춰 세계의 힘 권역이 전진하고, 마계의 중심인 악마성마저 침식해 들어갈 때.

쾅!

폭발음과 함께 드디어 악마성의 문이 열렸다. 그리고 악마의 음성이 들렸다.

"시끄럽다! 네……."

[징벌의 권능]

꽈릉!

"끄억!"

풀썩.

—레벨 업!

—레벨 업!

—레벨 업!

—레벨 업!

"쉽군."

쉽다고 말은 했지만, 등은 식은땀으로 범벅되어 있었다. 악마의 모습을 눈으로 확인하자마자 나는 반사적으로 곧장 [징벌의 권능]을 쏘아냈다. 악마는 내게 뭐라고 말하려던 것 같았지만, 끝까지 들어줄 이유가 없었다.

[징벌의 권능]이 악마를 향해 내리쳤고, 악마는 그걸로 끝이었다.

말하자면 쉽긴 쉬웠다. 이렇게까지 쉬울 거라고는 예상을 못 해서 그렇지.

"…[징벌의 권능] 조건이 시작부터 충족되어 있던 게 컸군."

악마를 한 번 죽이긴 했지만, [징벌의 권능]의 조건인 '목표의 죄를 목격할 것'은 초기화되지 않은 모양이었다. 그 덕에 시작부터 권능 스킬을 때려 박고 끝낼 수 있었다.

물론 평범한 [징벌의 권능]이었다면 악마를 단매에 때려잡지는 못했을 것이다.

[징벌의 권능]+6

―등급: 권능(Power)

―숙련도: EX랭크

―효과: 신상필벌

연습 랭크였던 숙련도가 EX랭크가 되었고, 강화도 6단계나 되었다. 물론 이건 내가 [징벌의 권능]을 열심히 쓴 결과물인 건 아니다. [뇌신의 징벌]과 1,000이 넘는 스킬 포인트를 제물로 삼아 합성한 결과물이다.

"이 정도 갈아 넣었으면 악마 정도야 한 방에 잡아야지."

스킬 합성을 승인할 때 했던 말을 나는 그대로 되풀이했다.

그땐 혼잣말을 하면서도 과한 기대라고 생각했지만, 결과를 보니 별로 과하지 않았던 것 같았다.

악마의 시체가 훅 사라졌다. 오른쪽 뿔만 남기고. 나는 터벅터벅 걸어 악마성의 대문까지 세계의 힘 권역으로 침식시키고, 뿔은 주워 인벤토리에 넣었다.

"너, 네놈!!"

악마성 안쪽에서 악마가 달려오는 소리가 들렸다. 나는 악마의 모습을 눈으로 확인하자마자 [징벌의 권능]을 때려 박았다.

꽈릉!

풀썩.

—레벨 업!

—레벨 업!

"아, 경험치 줄었네."

전투 로그를 보니 내 레벨이 올라서 레벨 업에 필요 경험치가 늘어난 탓도 있었지만, 그보단 악마의 전투력이 떨어진 게 더 컸다. 아무래도 악마는 부활할수록 전투력을 잃는 모양이었다.

저벅저벅.

나는 악마성 안쪽을 향해 걸었다. 세계의 힘 권역이 악마성의 대문으로 이어진 계단을 집어삼키고, 대문까지도 집어삼켰다.

"오, 오지 마!"

안에서 악마의 소리가 들렸다. 소리만 들리고 모습은 보이지 않았다. 이래선 [징벌의 권능]으로 쉽게 죽일 수 없다.

그럼 끌어내야지.

뚜벅뚜벅.

세계의 힘 권역에 휩쓸려 대문으로 이어진 계단이 사라져 버렸기 때문에, 나는 대문을 잃고 무방비 상태로 입을 벌리고 선 악마성에 바로 들어갈 순 없었다. 대신 내 걸음으로 인해 전진한 세계의 힘 권역은 악마성의 반지하에 구멍을 내놓고 있었다.

이런 식으로 밑동부터 파먹히다 보면, 악마성은 언젠간 무너져 내리고 말 것이다. 그리고 그 언젠가가 찾아오기까진 얼마 걸리지 않을 터였다.

이대로라면 말이다.

"오지 마……!!"

악마성 안쪽에서부터 들려오는 악마의 목소리에 울음이 섞였다.

내가 기대하던 최종전하고 영 분위기가 달랐다. 악마가 마지막으로 모아둔 어마어마한 숫자의 군세와 맞닥뜨릴 각오를 하고 온 건데, 기대했던 최후의 일전은 없었다. 수로 밀어붙이는 군세도 없었고, 강대한 악마의 모습도 보이지 않았다.

두 번 죽어 더 약해지고 작아진 악마는 혼자 옥좌에 틀어박혀 두려움에 떨며 울고 있는 모양이었다.

이래서야, 내가 나쁜 사람 같잖아.

"뭐, 악마를 상대로 나쁜 사람인 거야 자랑거리지."

뚜벅뚜벅.

"오지 말라고, 했을 텐데! 으아아아아!!"

공포로 인해 패닉에 잠긴 건지, 악마가 거의 무방비한 상태로 내게 달려들었다. 그렇다고 이걸 안아줄 수는 없는 노릇이고, 이 또한 방심을 유도하는 한 방법일지도 모른다.

나는 악마의 미간에 [징벌의 권능]을 꽂아주었다.

꽈릉!

풀썩.

더 버티지 못하고 튀어나온 악마가 권능에 맞고 죽었다. 아무래도 방심을 유도하려는 술책은 아니었던 모양이었다.

—레벨 업!

이젠 레벨 하나 올리기에도 벅찬 경험치량이다.

"약해졌구나, 악마."

나는 기묘한 아쉬움에 가슴이 저렸다. 이름도 모르는 악마 상대로, 그것도 이 세계를 잡아먹으려 마계까지 열어젖힌 악마 상대로 연민을 품는 것도 웃긴 일이지만. 그런 것 치고는 악마의 상태가 너무 안 좋았다.

연민을 느끼는 거야 어쩔 수 없지만, 할 일은 해야지. 나는 계속해서 걸었다.

뚜벅뚜벅. 저벅저벅.

"으, 으아아아! 내가 뭘 잘못했다고! 나는 아무 잘못도 하지 않았어!! 왜 날 이렇게 괴롭히는 거냐, 지구인!!"

"쉬운 질문이군."

이제는 내 앞에 모습을 드러내지조차 않는다. 목소리만 들리는 악마의 질문에, 나는 친절하게 대답해 주었다.

"네가 주는 경험치가 먹음직스러웠거든."

"이, 이 악마 같은!!"

"그건 칭찬이냐?"

세계의 힘 권역에 의해 마지막 벽이 무너져 내리고, 비로소 나는 악마의 옥좌를 목격할 수 있었다. 처음 봤을 땐 마천루 같이 거대했던 악마가 지금은 인간 어린애처럼 작아져 있었다. 그리고 악마는 어린애처럼 온 얼굴에 눈물을 칠하며 훌쩍 훌쩍 울고 있었다.

뭐, 그래도 박을 거지만.

[징벌의 권능]

꽈릉!

풀썩.

*   *   *

"어, 레벨 업 못 했네."

전투 로그를 확인해 봤더니 악마가 주는 경험치가 0이 되어 버리고 말았다. 아뿔싸! 악마와 나 사이의 전투력 차가 아예 경험치를 못 얻을 정도로 벌어지고 말았다.

그리고 나는 악마가 부활하는 모습을 육안으로 목격할 수 있었다. 코어가 생기고, 그 코어에서 발생한 마기가 팔다리를 이룬다. 악마는 역시 인간하고는 완전히 다른 생명체라는 걸 이 신비한 광경을 목격하며 실감할 수 있었다.

아니, 저거 생명체이기나 한가?

어쨌든 다시 살아난 악마는 강아지만큼 작아져 있었다. 직 감이 반응하지 않는 거야 좀 된 일이지만, 이제는 거의 완전히 무해한 존재가 된 것처럼 보였다.

"히극, 흐극, 더 이상 주, 죽이지 말아줘……."

"흐음……."

이젠 죽이는 데 굳이 권능까지 쓸 필요도 없을 것 같았다. 이제 경험치도 안 주는데, 이거 죽이자고 신성 쓰는 것도 아 깝다. 그냥 다가가서 목을 비틀어서 죽일까? 지금에 와선 간단한 일로 보였다.

"···아."

그때, 나는 내가 지니고 있는 한 아이템의 존재에 대해 뒤늦게 떠올렸다.

[천옥봉호로]

저항 불능인 상대를 봉인해 버리는 보패.

처음 이걸 받았을 때는 어디다 쓰냐 했었지만 지금 쓰면 되겠다 싶다.

"저항하지 마라. 저항하면 죽인다."

나는 일단 그렇게 한 번 위협하고 나서 [천옥봉호로]를 사용했다.

호로로로로.

천옥봉호로의 봉인 옵션을 사용하자, 봉호로에서 이상한 기운이 소용돌이치며 뿜어져 나오더니 완전히 저항을 포기한 악마를 빨아들였다.

자, 이로써 악마를 봉인했다.

"이거, 팔면 비싸게 팔리겠지?"

당연히 이대로 봉인해 둘 생각은 없었다. 나는 이 악마를 어디 비싸게 사줄 곳에 팔아치울 생각이다.

악마에게 인권은 없다. 인간이 아닌데 인권이 어디 있겠는가?

호리병의 뚜껑을 닫고 인벤토리에 집어넣은 나는 다시 걸음을 옮기기 시작했다. 나와 함께 세계의 힘 권역이 움직였고, 악마성을 잡아먹었다. 그리고 악마가 앉아 있던 옥좌까지 삼키자, 악마성이 무너져 내리기 시작했다.

환상처럼, 처음부터 없었던 것처럼.

그렇게 나는 세계로부터 받은 첫 퀘스트를 완료했다.

*   *   *

낡은 소파에 앉아 김빠진 싸구려 맥주를 들이켜며 브라운관 TV를 보고 있던 남자는 아쉬운 듯 입맛을 다셨다.

"벌써 끝났나? 간만에 좋은 구경거리였는데."

TV가 송출한 마지막 장면은 마계가 닫히는 장면이었다.

이진혁. 교단의 주시 대상. 그가 마계를 닫는 장면.

치지직… 지직……

TV의 브라운관에선 더 이상 아무 화면도 송출되고 있지 않았다. 남자는 그렇다고 TV를 손바닥으로 내려치거나 하지는 않았다. 그냥 TV 전원 선을 뽑아 꺼버릴 뿐이었다.

핑!

낡은 TV가 숨넘어가는 소릴 냈다.

"에이."

남자는 김빠진 맥주를 마저 마셔 버리고 캔을 구겨 쓰레기통에 던졌다. 그리고 품속에서 담배를 꺼내 입에 물었다. 성냥을 꺼내 불을 붙이고는 한 모금 깊이 연기를 빨아들인 후, 남자는 연기를 길게 내뿜었다.

"너무 아쉽네."

혼잣말과 달리, 남자의 입에는 짙은 미소가 걸려 있었다.

"너무 아쉬워."

담배 연기를 길게 뿜어낸 후, 남자는 폴더폰을 꺼내 폴더를 열었다. 딸깍, 하는 경쾌한 소리가 들렸다. 남자는 번호 자판 하나를 길게 눌렀다.

이미 필터까지 다 타들어갈 정도로 피운 담배를 재떨이에 비벼 끄고, 새 담배를 꺼내 불을 붙이며.

*   *   *

황금과 보석으로 장식한 옥좌에 앉은 아름다운 악마.

"아, 아하하하!"

그녀의 낭랑한 웃음소리가 화려한 알현실에 울려 퍼졌다.

"이럴 수가, 이렇게 흥미로울 수가 있나!!"

뤼펠, 이진혁에게 봉인당한 악마 남작. 사실 그에게는 기생충이 한 마리 들어 있었다. 안구에 기생하는 아주 특이한 기생충. 그 기생충은 다름이 아니라 황금 옥좌에 앉은 위대한 악마 여왕의 권속이었다.

　비록 그 기생충도 이진혁의 마지막 [징벌의 권능]에 의해 소
멸해 버리고 말았지만, 사실 권능 스킬의 위력을 생각해 보자
면 그때까지 잘도 버텼다. 물론 그것은 기생충이 뤼펠의 생명
력과 마기를 빨아먹고 그와 함께 부활했기 때문에 가능했던
일이지만……

　그 덕에 악마 여왕은 이진혁과 뤼펠의 싸움을 마지막까지
지켜볼 수 있었다.

　"흠, 흠. 그 악마보다 더 악마 같은 남자가 또 어디서 어떤
장난감을 주웠나 했더니. 이거, 이거. 내가 빼앗아 버리고 싶
어지는 걸?"

　악마 여왕의 시선이 욕망으로 불탔다.

　보통 악마는 욕망을 이기지 못한다고 알려져 있지만, 그건
저급한 하위종이나 그렇다. 고대부터 존재해 왔던, 황금 옥좌
에 앉은 위대한 악마 여왕은 인내심이라는 미덕을 거리낌 없
이 사용했다.

　그럼에도 불구하고.

　"너무나 찬란하게 빛나는 진주야. 진주를 감싸고 있는 진흙
조차 매력적으로 보이게 만들 정도로. …그런 건 처음 봤어."

　악마 여왕은 달아오른 몸을 스스로의 팔로 감싸고는 부들
부들 떨었다.

　"하아… 안 되겠네."

악마 여왕은 옥좌에 비치된 황금 종을 들었다.

딸랑딸랑—

두 번 종을 울리자, 대기하고 있던 시종이 나와 말없이 고개를 숙였다.

"오늘은 식사를 하겠다. 지구 인류종의 혼으로 만찬을 준비하라."

악마 여왕은 달아올라 버린 욕망을 조금이라도 식히기 위해, 특별한 날에 따기 위해 아껴두었던 지구 인류종의 혼을 맛보기로 결정했다.

그것만으로는 만족할 수 없을 것을 뻔히 알면서도 말이다.

*   *   *

나는 세계로부터 받은 퀘스트를 완료시켰다. 그러자 내 인벤토리에 보상이 굴러들어 왔다.

[레벨 업 쿠폰]

—설명: 사용하면 레벨 업을 한다. 1차 직업의 경우 5레벨, 2차 직업의 경우 2레벨, 3차 직업의 경우 1레벨 상승한다.

등급도 희귀도도 없이 담백하게 설명만 달린 이 아이템이 보통 아이템이 아니리란 건 받기 전에 이미 잘 알고 있었다.

그냥 사용하기만 해도 레벨 업을 하다니!

레벨이 높을수록 레벨 업에 필요한 경험치는 기하급수적으로 늘어나니, 이 쿠폰은 높은 레벨일 때 사용하는 것이 이득인 거야 말할 필요도 없이 당연하다.

직업: 악마 사냥꾼
레벨: 36레벨

그리고 마침 내 직업이 36레벨이네?

2차 직업도 40레벨에서 스킬화될지는 잘 모르겠지만, 어쨌든 40레벨까지 올려볼 가치는 충분히 있을 것 같았다.

"거참, 이번 위기를 넘어가려고 1회용으로 쓰려던 직업인데 이렇게 되다니."

악마 상대로 얻은 경험치가 너무 많았다. 뭐, 나쁘다는 건 아니다. 악마 사냥꾼으로 얻은 능력치도 상당히 많았고, 스킬 포인트도 잘 벌었으니까. [징벌의 권능] 합성하는 데 다 쓰긴 했지만……

나는 인벤토리의 [레벨 업 쿠폰]을 두 개 사용했다.

직업: 악마 사냥꾼
레벨: 40레벨

그리고 새로 얻은 스킬은 이거였다.

[악마 사냥의 대가]
―등급: 대가(Grand Master)
―숙련도: A랭크
―효과: 악마를 사냥할 수 있다.

"역시 대가급 스킬이 생기는군."

하지만 숙련도가 아쉽다. A. [반격의 대가]는 얻자마자 SS랭크였는데. 20레벨 스킬인 [악마화]와 30레벨 스킬의 숙련도를 올리지 않은 탓이겠지.

"음?"

―동일 계열 스킬을 2개 이상 소유하고 있습니다.

―[징벌의 권능], [악마 사냥의 대가]

―동일 계열 스킬은 서로 합성시킬 수 있습니다. 합성하시겠습니까?

[주의!] 합성에 사용한 스킬은 다시 얻을 수 없습니다.

그때, 내겐 익숙한 메시지가 떴다.

"합성인가."

[악마 사냥의 대가]가 [징벌의 권능]을 강화할 요소라고는

전혀 없으니, 합성을 실행해 봐야 [반격의 대가] 때와 마찬가지로 [악마 사냥의 대가]만 진화하고 끝날 것이다.

"일단 그냥 놔둬야겠군."

혹시 모르지 않는가? 또 내 눈앞에 악마가 적으로 나타날지도. 하지만 그런 상황이 일어나지 않는 한 굳이 네 자릿수에 달하는 막대한 스킬 포인트까지 소모하면서 합성을 실행할 이유는 없었다.

어쨌든 이걸로 악마 사냥꾼 직업은 졸업한 거라고 봐야 했다. 이제 다시 [포대 지휘자]로 전직해서 마저 레벨을 올리든가, 아니면 악마 사냥꾼의 상위직으로 전직하든가 해야겠지.

그건 나중에 주리 리를 불러다 상담해 보고 결정하기로 하고. 나는 또 다른 퀘스트 보상 쪽으로 눈을 돌렸다.

월드 타이틀 [구세주]: 해당 세계 한정으로 효과를 발휘한다. 타이틀을 활성화하면 해당 세계의 토착 인류 종족으로부터 첫인상 우호도 판정 +100, 세계로부터 퀘스트 수주 가능, 월드 스킬 취득 및 사용 가능.

─타이틀 관리는 상태창에서 가능합니다.

─타이틀을 활성화하시겠습니까?

인벤토리가 아니라 상태창에 있었군. 타이틀을 받아보는 건 이번이 처음이라 몰랐다.

그러고 보니 인류연맹에서 대영웅이니 뭐니 해도 타이틀로
는 하나도 얻은 게 없었다. 여기가 인류연맹의 구역이 아니라
서 그런가? 아니면 인류연맹에겐 그런 능력이 없는 걸 수도 있
었다. 어쩌면 타이틀은 세계 퀘스트를 수행해서만 얻을 수 있
는 걸지도 모르고.

지금 생긴 의문은 나중에 크리스티나에게 물어보자.

나는 일단 타이틀을 활성화했다. 그러자 새로운 인터페이
스가 생겨났다. 상태창에 새로운 탭이 생겨난 것이 바로 그것
이었는데, 탭 이름은 [세계]였다.

"이건 또 뭐지?"

호기심을 이기지 못하고 세계 탭을 열어보자, 이런 정보들
이 주르륵 떴다.

　―지금 당신은 그랑란트 세계의 구세주입니다!

　―구세주 레벨: 1

　―다음 구세주 레벨까지 수행해야 하는 세계 퀘스트: 3

　―현재 습득할 수 있는 월드 스킬: 1

　[주의!] 월드 스킬의 습득과 수련에는 [세계의 힘 파편]이 필요합
니다! 세계 퀘스트를 수행해 [세계의 힘 파편]을 모아보세요!!

　―세계 퀘스트의 수행이 가능합니다. 현재 수행 가능한 퀘스트
목록을 확인해 주세요.

　[목록 열기]

"이런 거였군."

나는 헛웃음을 터뜨렸다. 이걸 보니 크리스티나가 싫어할 만도 하다. 내게 퀘스트를 주는 입장인 게 크리스티나인데, 내가 인류연맹의 퀘스트보다 세계의 퀘스트를 우선시하면 별로 좋은 기분은 들지 않을 테니 말이다.

"뭐, 나한텐 나쁠 게 없지."

월드 스킬이 뭔지는 모르겠지만, 습득과 수련에 [세계의 힘 파편]이 필요하다면 약한 스킬은 아니겠지. 이걸로 난 더 강해질 수 있을 테고, 더 큰 성장을 노릴 수도 있으리라.

내게 남은 [세계의 힘 파편]은 3개. 악마성 공략전이 예상보다 쉽게 끝나서 예상한 것보다 많이 남았다.

"이걸로 무슨 스킬을 얻을 수 있으려나?"

나는 월드 스킬 리스트를 불러냈다. 생각했던 것보다 뭔가 많긴 한데, 습득에는 기본적으로 파편이 많이 필요한 모양이었다. 가장 적게 필요한 스킬도 10개부터 시작이었다.

결국 세계 퀘스트를 깨란 소리군.

"이런 식으로 유도를 하네?"

리스트 중엔 꽤 탐나는 스킬도 있었기 때문에, 나는 세계의 술수에 그냥 넘어가 주기로 하곤 세계 퀘스트 리스트를 열었다.

"…오!"

그리고 퀘스트 내용을 확인한 나는 함박웃음을 지었다. 왜 냐하면 세계 퀘스트의 태반이 필드 보스의 처리와 토착 인류 종족의 구원이었기 때문이었다. 즉, 군이 세계 퀘스트가 아니 더라도 어차피 내가 할 일들이었다.

"좋아, 좋아."

원래는 마계만 닫으면 이딴 세계에선 곧장 달아나 버려야겠 다고 생각하고 있었지만, 상황을 보아하니 아무래도 이 세계, 그랑란트에는 좀 더 머물 필요가 있을 것 같았다.

"먹을 건 다 먹고 가야지."

나는 욕심쟁이다!

*　　　*　　　*

악마성이 무너지고 마계가 닫히자 이 세계, 그랑란트에는 다시금 평화가 찾아왔다. 비록 교단의 손에 의해 통제된 평화 지만, 뭐 이것도 평화라면 평화라 할 수 있겠다.

그렇다. 교단.

방금 전까지 악마와 일전을 벌였지만, 교단의 존재에 대해 서도 잊어서는 안 된다. 악마가 마계를 열고 있는 동안 왜 교 단의 세력이 난입해 오지 않았는지에 대해서도 가설이 하나 섰다.

나는 인류연맹도 마계가 열린 동안 차원 좌표가 엉망이 되어 포탈을 열 수 없다고 크리스티나에게 들은 바가 있었다. 교단도 같은 케이스였을 가능성을 배제할 수 없다.

아무리 지금은 교단이 이 세계의 주인을 자처하고 있다지만, 갑작스러운 마계 침식에 제대로 된 대응을 못 했을 가능성이 있다. 반대로 생각하면, 마계가 닫힌 지금은 언제든 교단이 포탈을 열어 난입해 올 수 있었다.

마계가 열려 있는 동안 나는 필드 보스들을 잔뜩 쓰러뜨렸고, 그중 하나는 [지배의 권능]까지 풀어버리기도 했다. 이 뒷수습을 위해 교단의 끄나풀이 지금 당장 날아올 경우의 수는 그저 가설 하나만으로 남겨두기엔 지나치게 앞뒤가 잘 맞는다.

그러니 그 전에 난 그들과 맞서 싸울 준비를 해야 했다.

안젤라 일행과 합류한 직후, 난 바로 대주천을 돌렸다. 마력의 빠른 회복은 둘째 문제고, [정저조천]을 통해 마력을 신성으로 전환해 빠른 회복을 노리기 위해서였다. 악마와의 전투에서 신성을 꽤 과소비해 버렸으니, 마력을 좀 깎아서라도 채워놓아야 할 필요가 있었다.

오로지 신성의 회복에만 중점을 두었기에 지난번처럼 1년씩이나 시간을 들이지는 않았다. 적당히 필요한 만큼만 신성을 회복시키고 다시 눈을 떴을 때, 시간은 일주일이 지나가 있었다.

눈을 뜨자, 앞에는 안젤라가 앉아 있었다. 정확히는 안젤라의 등이 보였다.

"교단은?"

나는 안젤라에게 물었다. 대답은 바로 돌아왔다.

"조용해요."

알고 있었다. 직감이 조용했으니까. 하지만 혹시 몰라 확인
할 필요가 있었다.

뭐, 딱 봐도 누가 습격한 것 같지는 않았다. 안젤라, 케이,
키르드, 테스카. 이 네 명은 옹기종기 모여 앉아 있었고 그 가
운데엔 인생게임이 놓여 있었으니까.

"또 인생게임 했어?"

"이번엔 제가 이겼어요."

안젤라는 그 사실이 꽤나 자랑스러웠던지, 콧김마저 내뿜으
며 내게 승리를 알렸다. 반면, 테스카는 구석탱이에 처박혀 앉
아 울먹거리고 있었다.

"이건 그냥 게임이야. 이건 그냥 게임이라고."

뭐라고 계속 중얼거리고 있기에 들어봤더니 그런 소릴 반복
하고 있었다. 좀 무서웠다.

"아이스크림이 필요해 보이는데."

"…네. …조금."

안젤라도 뒤늦게 죄책감을 느끼기라도 한 건지, 내게 작은
목소리로 속삭였다.

"어쨌든 놀고 있었던 걸 보니 해야 할 일은 다 끝마친 모양

이로군."

내가 대주천을 돌리는 동안, 이들에게는 한 가지 부탁을 해
뒀었다. 그것은 바로 탐색 퀘스트였다. 포탈을 열기 위한 차원
좌표 수집이 목적이었으므로, 꼭 내가 지도를 완성시킬 필요
는 없었기에 안젤라에게 부탁해 놨었다.

"네. 주변 탐색은 마쳐놨어요. 그런데……."

"그런데?"

"포탈을 바로 열긴 힘들다고 하더라고요. 생각했던 것보다
훨씬 변경이라, 중계 지점을 여러 군데 뚫어야 한다고 들었어
요. 게다가 교단의 소유 차원에 구멍을 뚫어야 하다 보니 난
이도는 더 올라가고요."

"그래?"

어차피 이 세계에는 조금 더 머물 생각이었으니 큰 문제는
아니다. 악마가 이기기 어려운 난적으로 여겨졌을 때는 빨리
도망가고 싶어서 포탈이 급했지만, 잡아서 경험치와 보상 잘
먹은 지금은 그런가 보다, 하고 넘어가도 될 일이 되었다.

교단도 바로 난입해 오지는 않았고, 여유야 있었다.

나는 다른 의문 하나를 떠올렸다. 방금 안젤라는 교단의
소유 차원에 구멍을 뚫는다는 식의 이야기를 했다. 그 말을
다른 의미로 보자면 교단이 이 차원에 벽이나 결계 따위를 치
고 있다고도 해석할 수 있다.

그렇다면 악마들은 대체 어떻게, 무슨 방법으로 이 차원에

구멍을 뚫고 찾아온 걸까? 놈들에게도 교단은 적일 테고, 교단이 친 결계는 그들을 배제해야 했을 텐데 말이다.

의문을 떠올리자마자 가설 하나가 곧장 떠올랐다.

교단에서 모종의 의도를 갖고 악마들을 일부러 여기에 불러들였다는, 그런 가설.

"설마, 아니겠지."

교단과 만마전도 전쟁 중이라고 들었다. 적대세력에게 자기들 소유 차원으로 향하는 포탈을 뚫어준다는 건 틀림없는 반역 행위였다.

더군다나 이 세계의 토착 인류 세력을 말살해 되도록 온전한 상태로 구 지구 인류에게 넘겨주는 것이 '가나안 계획'의 골자다. 그런데 마계를 열어 세계를 좀먹는 존재인 악마를 끌어들인다는 건 곧 가나안 계획을 스스로 망가뜨리는 것과 크게 다를 바가 없다.

교단이 아무리 하나로 똘똘 뭉친 세력은 아니라지만, 아무리 그래도 이건 너무 나갔다. 확신할 만한 근거도 없으니 그냥 낮은 가능성의 하나로만 남겨두고 묻어두자.

게다가 놈들이 반역을 하건 서로 싸우건 나랑 무슨 상관이람. 설령 진짜로 악마를 끌어들인 게 교단 측 세력에 의한 것이라 한들, 내가 할 일은 변하지 않는다.

가능하면 승리해서 내 전력을 불리고, 불가능하다면 도망쳐서 생존한다.

그리고 전자의 확률을 끌어 올리는 것이 지금 내가 당장 취할 수 있는 생존 전략 중 최상의 것이다. 그 방법은? 당연히 더 강해지는 거다!

나는 레벨 업 마스터를 켰다. 인류연맹에게도 악마는 적이다. 악마를 죽이고 마계를 닫았으니, 보상을 바랄 수도 있을 것이다.

*　　　*　　　*

인류연맹, 차원문 관리소.

인류연맹 중심에서 온갖 세계로 통하는 포탈은 이곳에서 관리한다. 다른 세력보다는 약소하다지만, 인류연맹도 충분히 방대한 세력권을 갖고 있었다. 차원문 관리소는 이 세력의 물류를 책임진다고 봐도 과언이 아니다.

그렇다 보니 이곳의 관리소장은 독립적인 권한을 갖고 있다. 정치적인 의도에 의해 좌지우지당했다간 인류연맹 전체에 해악을 끼칠 수도 있는 자리였기 때문에 인류연맹 의회의 총의로 그만큼의 권한을 부여해 준 것이다.

"아주 잘했어."

그러나 그 관리소장의 어깨를 두들기며 치하하는 인물이 있었다. 그것도 반말로.

"별말씀을요. 하워드 씨, 당신 부탁이라면 이 정도야 별거 아니죠."

그리고 관리소장은 그에게 존댓말을 사용했다.

하워드 가문의 적장자 혈통인 그 인물, 유그드 하워드를 향해.

공식적인 직함은 연맹의 하원의원일 뿐인 그는 원칙적으로 따지면 이런 곳에 와 있어서는 안 된다. 사회적인 영향력은 관리소장 쪽이 훨씬 크다. 일개 의원이 압력을 넣을 수 있는 대상이 아니다.

그러나 관리소장은 일개 의원의 청탁을 받고도 조금도 불쾌해하지 않았다. 두말 않고 그의 청탁을 들어주었으며, 이어지는 그의 말을 경청하려는 태도마저 취하기까지 했다.

그것은 그가 하워드 가문의 인물이기 때문이다.

"키르드 하워드가 하워드 가문을 이을 가능성은 제로, 전혀 존재하지 않지. 그러나 그 천출의 자식이 하워드 가문의 권한을 한 푼이라도 빼먹을 가능성은 그리 낮지 않아."

유그드 하워드의 목소리에는 명백한 적대감이 드러나 있었다. 키르드를 향한 적개심이.

현재 하워드 가문의 가주는 키예드 하워드, 유그드 하워드의 조부에 해당한다. 그리고 길드 하워드의 장남이자 차기 가주인 키즈기르드가 유그드 하워드의 부친이었다. 유그드 하워드는 키즈기르드의 삼남, 그 또한 가주 자리를 이을 가능성은 그리 높진 않았다.

그렇기 때문에 유그드는 하워드 가문의 막내이자 자신의 이복형제인 키르드를 더욱 민감하게 의식하는 것인지도 몰랐다.

어차피 삼남인 자신에게 떨어질 것은 콩고물에 불과하다. 하지만 그 콩고물마저 누군가와 나눠 먹어야 한다면? 유그드는 그 가능성이 존재한다는 것조차 받아들일 수 없었다.

"할아버지도 늙으신 건지, 예전 같지가 않으시니 말이야. 당신께서도 몇 년에 한 번씩이나 맛보실까 한 5성 요리 시식권을 그 대영웅인지 뭔지한테 다섯 개나 몰아주셨다지?"

이진혁이나 크리스티나는 하워드 가문 사람 정도 되면 5성 요리쯤은 얼마든지 먹을 수 있다고 여겼지만, 그건 사실이 아니다. 애초에 5성 요리는 아무리 그랜드 마스터 셰프라도 원하는 대로 만들어낼 수 있는 게 아니다.

오로지 그 요리만을 위해 딱 맞춰 키워낸 재료들 중에서도 최고의 것만을 골라낸 후 온갖 수단을 동원해 요리에 최적화된 상태로 조리해도 3성 요리에 머무는 것이 보통이다.

요리하는 날의 날씨, 약간의 습도 차이, 그리고 요리 스킬의 난수. 통제할 수 있는 변인을 모조리 통제해도 4성 요리가 만들어지면 그날의 요리는 성공한 것이나 다름없다.

즉, 노력과 운이 겹쳐야 비로소 맛볼 수 있는 게 5성 요리인 셈이다. 그렇다 보니 아무리 그랜드 마스터 셰프의 좌에 오른 요리사를 전속으로 두고 있는 가문의 일원이라도 5성 요리를 쉽게 맛보지는 못한다.

하워드 가문 정도로 대가문의 가주조차도 이 5성 요리는 결코 사적인 용도로 내놓지 않는다. 가문의 큰 경사가 있을 때나 귀한 손님을 맞이했을 때, 음식을 나누는 스킬의 소유자를 대동해 연회 요리로 내놓는 것이 보통이다.

여기 있는 유그드 하워드도 5성 요리를 먹을 수 있었던 기회가 인생에 손가락에 꼽을 정도밖에 없었다. 두 번? 아니, 한 번밖에 없었나? 세 번을 넘기지 못한 것만은 확실했다.

그런데 그런 5성 요리의 시식권을 가문 외부인에게 넘기다니. 그것도 키르드 하워드를 구해줬다는 명목으로, 다섯 장이나!

유그드 하워드의 눈빛은 키르드에 대한 적개심으로 활활 타오르고 있었다.

"가능하다면 놈의 복귀를 최대한 늦춰줘. 그게 내 부탁이야."

그렇다고 유그드가 차원문 관리소장에게 키르드를 죽여달라고 솔직하게 부탁할 만큼 경우 없는 사람은 아니었다. 아무리 하워드 가문이 대가문이라지만, 그래도 사람이 정도는 알아야 하는 법이다.

"아무렴요. 누구 부탁인데요? 제 권한이 허용하는 한 단단히 막아놓겠습니다."

관리소장의 쾌활한 대답에 유그드는 안도의 한숨을 내쉬었다.

키르드는 적어도 관리소장의 임기 동안에는 절대 이 포탈을 넘어오지 못할 것이다.

"네가 내 후배라 정말 다행이야."

"저도 하워드 씨를 선배로 둬서 다행이라고 생각하고 있습니다."

관리소장은 웃으며 대답했다. 그야 그럴 것이다. 그가 관리소장 후보로까지 올라온 것은 어디까지나 하워드 가문의 입김 덕이었으니. 여기 있는 유그드 하워드가 가문의 힘을 써서 밀어 올려준 것이나 다름없었다.

비록 정식 관리소장이 되는 과정 자체는 청문회를 통해 능력 검증을 받는 정당한 절차를 거쳤으나, 그렇다고 자신이 하워드 가문을 통해 입은 은혜를 잊을 생각은 없었다.

더욱이 아무리 차원문 관리소장이 독립적인 권한을 얻는다고 해도, 임기를 마치고 이 자리를 내놓게 될 몇 년 후에도 그런 것은 아니었다.

실제 행동은 유그드가 나섰으나, 키즈기르드의 자식들 중 키르드를 좋아하는 이는 아예 존재하지 않았다. 이 작은 행동 하나로 말미암아, 그는 하워드 가문의 차기 혈족들이라는 든든한 뒷배를 얻게 되는 셈이다.

관리소장으로서는 이 작은 청탁을 거절할 이유가 없었다.

Chapter 6

　—악마 처치에 성공하신 것 축하드려요! 보상이 왔어요!!

　레벨 업 마스터를 켜자마자 크리스티나가 활달한 목소리로
외쳤다.

　대영웅 훈장이 2개째에, 금화와 기여도와 능력치 주사위와
스킬 선택권과 추첨권, 강화권이 적당히 왔다. 이것도 이제 익
숙해지다 보니 왠지 명절 선물 받아 챙기는 것 같은 느낌이
다.

　내가 인류연맹의 스킬 보상으로 극적인 전력 강화를 기대
할 수 없는 수준이 되어버린 탓도 있긴 있으리라. 내 주력 스
킬이 이제 신화급이 기본에 권능급까지 두 개다 보니 인류연

맹에서 보상으로 받을 수 있는 제한선인 전설 유일급으론 파워 업에 한계가 있다.

물론 같은 계열 스킬을 잘 구해다 묶어놓고 스킬 초월을 한다면 이야기가 조금 달라지겠지만, 이젠 그러기 전에 스킬 포인트를 모으는 게 큰일이라, 할 만큼 간단하지가 않다.

그렇다고 주는 걸 거절할 마음은 없지만 말이다. 뭐, 정 쓸데없는 스킬이 걸리면 갈아버리면 되니까.

"이번엔 5성 요리 시식권 없어?"

—아… 사실은 이번에도 구해보려고 했지만 말이죠.

크리스티나의 표정이 확 어두워졌다. 더 정확히 하자면 이제까지의 활달함이 포장이었다는 느낌이 더 강하다.

"잘 안 됐구나?"

—네……. 죄송해요.

"아니, 미안할 건 없지."

인류연맹의 보상 중 지금의 내게 가장 직접적으로 쓸모 있는 게 시식권이다 보니 솔직히 내심 실망하긴 했지만, 크리스티나가 너무 침울해서 나도 급하게 태도를 바꿔야 했다.

—대신이라고 하긴 뭐하지만 이런 걸 준비했어요.

그러면서 꺼내놓은 건 5성급 굴, 5성급 쏘가리, 5성급 피조개 등등을 비롯한 대량의 5성급 식재료들이었다.

그냥 먹거나 간단히 굽거나 찌거나 삶기만 해도 맛있고 충분히 고급에 희귀한 식재료들이기에 나쁘진 않았지만, 아무래도 5성 요리로 먹는 것보다야 경험치 습득량이 적을 듯했다.

뭐 그래도 일단 양도 많고 종류도 다양하니 적당히 텀을 두고 다 먹으면 별로 차이는 안 날지도 모르겠지만 말이다.

아무리 그래도 그렇지, 완전히 조리된 시식권에서 요리 재료로의 낙차는 꽤 크다.

―죄송해요, 죄송해요.

크리스티나의 태도로 보아하니, 아무래도 이번에는 그녀가 회의에서 패배한 모양이었다. 그리고 그녀가 패배했다는 건 상징하는 바가 작지는 않다. 내게 보상을 몰아주는 걸 반대하는 세력이 생겨났다는 뜻이고, 그 세력이 작지만은 않다는 의미이기도 했으니 말이다.

이런 인류연맹 내 일부 세력의 태도 변화가 이해가 안 가는 건 또 아니다. 별로 크지도 않은 세력인 인류연맹에서 내가 좀 많이 뜯어먹었어야지.

저들 입장에서 생각해 보자면, 일단 처음엔 강대한 적인 교단을 상대로 연전연승을 거둬서 좋아하긴 했는데, 이 승리로 인해 자기들이 얻은 게 별로 없다는 걸 뒤늦게 깨닫게 된 것이겠지. 적어도 내가 먹은 만큼 뱉어내지는 않았다. 그건 확실하다.

이해가 되고 말고는 둘째 치고, 나도 사람인지라 인류연맹의 이런 태도 변화가 별로 기분 좋지는 않았다.

그렇다고 이걸 크리스티나한테 항의하는 건 완전히 핀트가 어긋난 짓이겠지. 적어도 크리스티나를 비롯한 인류연맹에서 날 밀어주는 세력한테 받은 은혜를 다 없는 것 치는 건 너무 도리 없는 짓이다.

겨우 이 정도로 인류연맹 전체를 상대로 분노를 터뜨릴 정도로 경우 없는 사람은 아니다. 내가 화를 내야 하는 대상은 인류연맹 전체가 아니라 그들 중 일부다.

나는 쪼잔한 남자라, 이런 걸 웃으면서 넘길 성격은 못 된다. 누구를 상대로 어떻게 화를 내야 하는지 결정되면 그 누군가는 어떤 형식으로든 대가를 치러야 할 것.

뭐, 그거야 나중 일이고.

"양이 정말 많은데?"

이런 질 좋은 식재료를 별 조리도 없이 그냥 먹어 치우는 건 좀 아쉽다. 내 2개 고유 특성 중 하나인 [미식의 대식가]의 경험치 점수에 조리의 복잡함과 섬세함이 포함되니 말이다. 훌륭히 조리될수록 더 많은 경험치를 올릴 수 있는데, 이걸 포기하는 건 너무 아깝다.

그럼 인류연맹의 요리사에게 금화를 주고 맡길까? 이 방법은 또 좀 거슬린다. 왠지 인류연맹 내에 존재하는 내 반대 세력이 그걸 원할 거 같아서.

하지만 그럼 다른 방법이 존재하느냐? 물으면 애매하다. 아니, 물론 하나 있긴 하다.

내가 직접 조리해서 먹는 것.

"흐음."

새삼 생각해 보면 내가 왜 이제까지 요리 스킬을 안 올렸는지 잘 이해가 안 된다. 밥 먹으면 경험치가 오르는 [미식의 대식가] 특성만 봐도 요리를 올리는 게 당연한데 말이다.

왜긴, 인류연맹에서 주는 5성 요리를 받아먹기만 했으니 별 필요를 못 느껴서 그랬지.

그런데 이제부턴 안정적으로 시식권을 수급할 수 있을 거란 보장이 없어졌으니 요리의 필요성이 생긴 셈이다. 사실 생각해 보면 보장 같은 건 어디에도 없었고, 내가 막연히 시식권을 얻을 수 있을 거라 안이하게 생각했던 것도 있었지.

"좋아."

요리 스킬을 올리자.

나는 결정을 내렸다.

어차피 내가 요리를 실패해도 먹어줄 사람들은 있다. 나는 안젤라 일행에게 시선을 돌렸다. 아무것도 눈치 못 챈 순진무구한 눈동자를 깜박거리며 시선을 되돌려 주고 있다.

후……

뭐, 다른 인류 종족들도 있고 말이다. 어차피 우호도 올리려면 음식도 돌려야 되는데 차라리 잘됐지, 뭐. 흠흠.

어쨌든 나는 보상을 수령했다.

―아… 기여도 100만 점을 넘기셔서 대영웅님께서는 드디어 사령관직에 취임하시게 됐어요. 이제부터는 그림자 용병뿐

만이 아니라 인류연맹 소속의 위관급 이하의 영웅들에 대한 소환권과 지휘권을 부여받으실 수 있게 되셨어요.

그렇게 말하는 크리스티나의 목소리에는 힘이 없었다. 그녀도 자신이 말하는 사령관의 권한이 지금의 내게 별로 큰 도움이 되지 않는다는 것을 알기 때문이리라. 인류연맹으로의 포탈도 못 여는데 소환권과 지휘권을 어떻게 활용할 수 있겠는가? 빛 좋은 개살구다.

"그래, 고맙다."

—…저야말로, 감사드려요.

크리스티나의 목소리에서 울먹임이 묻어나기 시작했기 때문에, 나는 눈치채지 못한 척 그녀를 돌려보냈다.

"링링!"

그 대신, 나는 요리 스킬과 조리용 도구를 사기 위해 링링을 불렀다.

—네! 대영웅님!!

링링은 변함없이 활기찼다. 하긴 회의에 참석하지 않는 그녀가 나나 크리스티나에게 무슨 일이 있었는지 알 리가 만무하다.

—보세요! 대영웅님께서 사령관직에 취임하시면서 제 상점도 이렇게나!!

그냥 혼자 신났다. 노났다. 그럴 만도 하다. 원래 조그마한 구멍가게 고물상을 연상시켰던 상점이 어느새 번쩍번쩍하는

백화점 수준으로 변했으니 말이다. 링링 입장에서야 신날 만
도 했다.

—대영웅 할인에 사령관 할인까지 합쳐져서 대영웅님껜 물
품 값을 절반이나 할인해 드릴 수 있게 됐어요!! 정말 굉장하
죠?!

"그래, 그래. 정말 굉장하네."

괜히 신난 링링의 기분에 찬물을 끼얹기 싫어서, 나는 적당
히 그녀에게 맞춰주기로 했다.

*   *   *

링링에게 물어보니 요리 스킬을 사는 것보다는 요리사로 전
직하는 건 어떻겠냐는 조언이 되돌아왔다.

그녀의 말로는 요리사는 부직업으로 고르는 게 가능하다
는 모양이다. 주직업과 겸업이 가능하다던가. 그러고 보니 그
런 시스템이 있었나. 이제까지는 싸우고 강해지고 힘을 쌓는
것만을 생각했기에 그런 데다 정신을 쏟을 여유가 없었다.

어차피 전직을 하려면 주리 리를 한번 보긴 해야 했기에,
난 별 부담 없이 주리 리를 불렀다. 물론 그 전에 요리사로 전
직하려면 필요하다는 조리 도구 한 세트를 사들였고 말이다.
최고급으로 질러주었기에 링링은 매우 기뻐했다.

—아, 네. 물론 가능하십니다. 게다가 요리사를 비롯한 부직

업은 레벨 업에 전투 경험치를 필요로 하지 않고 랭크 업에도 스킬 포인트를 소모하지 않으니 양립하는 데 큰 어려움은 없으실 거예요.

"그럼 다른 부직업들도?"

—네, 해당 부직업의 관련된 수련치를 쌓음으로써 레벨 업과 랭크 업을 하실 수 있습니다.

그렇단 말이지…….

"동시에 부직업을 몇 개나 가질 수 있지?"

—대영웅님께서는 지금 2차 직업이시니 2개까지 가능하십니다. 상점에서 슬롯을 구매하면 4개까지 가능하시게 됩니다.

"3차 직업으로 전직하면?"

—예상하셨다시피 3개까지로 늘어납니다. 슬롯도 3개까지 구매하실 수 있게 됩니다.

"좋아."

나는 만족스럽게 고개를 끄덕였다. 조금 타이밍이 늦긴 했지만, 이제부터라도 올리면 된다.

"악마 사냥꾼의 3차 직업 리스트와 부직업 리스트를 띄워 줘."

＊　　　＊　　　＊

오랜만에 주리 리가 많은 일을 해주었다. 내가 리스트를 요청한 직업들의 브리핑을 일일이 다 해준 데다, 내 진로에 대해 함께 고민도 해주었으니까.

어차피 다음으로 성장시킬 직업은 [포대 지휘자]지만, 그래도 3차 직업으로 전직하면 얻을 수 있는 이점이 부직업 슬롯뿐만은 아니었기에 3차 직업으로의 전직은 경험할 생각이었다.

[신살자(Decider)]

—신살자는 신을 죽이는 능력을 얻은 자들입니다. 신을 죽인다는 위업은 보통 수단으로는 달성할 수 없기에, 신살자는 오로지 신을 죽이기에 특화된 능력을 습득하기 위해 노력합니다. 그리고 그 노력이 결실을 맺었을 때, 신살자는 비로소 진정한 신살자로 거듭나게 될 것입니다. 하지만 주의하십시오. 신살자로 전직한다는 것은 곧 신을 죽일 칼날을 벼린다는 뜻이고, 신들은 당신이 그 시도를 하는 것만으로도 당신을 견제하려 들 것입니다.

3차 직업군에 이 직업이 존재한다는 걸 알기 전까지는 그랬다.

교단의 인퀴지터와 첫 조우 후, 나는 신과 대적하기로 각오한 바 있다. 그러나 각오는 되었더라도 그 능력을 실제로 갖추는 건 쉬운 일이 아니었다. 아무리 [황금 사과 넥타르]를 마셔 [명백한 신성]을 손에 넣었다 한들, 그것만으로 내가 신적 존재를 처치할 수는 없었다.

그런데 드디어 신을 죽일 방법을 내게 전수해 줄 직업이 내 앞에 나타났다. 뭘 더 고민할 필요가 있겠는가? 그렇다고 진짜 아무 고민도 안 한 건 아니고 주리 리에게서 다른 직업에 관한 브리핑도 다 들은 후에 결정한 거긴 했지만.

이름: 이진혁
직업: 신살자
레벨: 1

드디어 여기까지 왔구나! 그런 생각이 들었다. 신살자의 전직에는 신성이나 마기를 띤 장비품이 필요했는데, [진리의 검]과 [바즈라다라의 바즈라]가 그런 무기에 속했으므로 나는 이 자리에서 바로 전직을 택할 수 있었다.

그러고 보니 [진리의 검]은 교단에게서 받아낸 거였지. 교단이 내게 도움이 다 되는군. 아니, 지금 와서 다시 생각해 보면 내게 있어서 교단은 아낌없이 주는 나무였다. 물론 뭔가를 받아낼 때마다 목숨을 걸어야 하긴 했지만, 지나고 보니 다 좋은 추억이다.

[신성 가르기]
—등급: 매우 희귀(Super Rare)

―숙련도: 연습 랭크

―효과: 신적 존재가 기본적으로 두르고 있는 신성 방어막을 베어내고 실질적인 피해를 줄 수 있는 스킬 공격.

신살자 1레벨 스킬은 [신성 가르기]였다. 그런데 신적 존재가 기본적으로 두르고 있는……. 뭐? 신적 존재는 기본적으로 다 갖고 있다고? 나도 일단은 [명백한 신성]을 갖춘 신적 존재인데 그런 거 없는데.

그렇게 생각하며 신성을 몸 주변에 둘러봤더니 반짝반짝 빛나면서 방어막이 됐다.

"어, 되네?"

*   *   *

이게 기본 방어막인가. 하지만 신성 효율이 별로 좋지는 않은 것 같다. 그냥 유지하는 것만으로도 어지간한 신화급 스킬보다 신성을 더 많이 먹으니, 이걸 어디다 쓸까 싶긴 했다. 뭐, 당장 내 목에 칼이 들어오면 급하게 쓰긴 하겠지만 말이다.

나는 방어막을 거두고 이번에는 [신성 가르기]를 사용해 봤다. 그러자 내 [진리의 검]에 기이한 힘이 깃들었다. 신성은 아니지만 그것과 매우 닮은 기운이었다. 확실히 이 기운이라면 신성 방어막을 베어낼 수 있을지도 모른다.

"…흐음."

동시에 나는 이 칼날을 스킬 없이 재현해 낼 수 있겠다는 생각을 했다.

"이렇게, 이렇게인가?"

그리고 생각한 대로 해보니까 진짜로 됐다. 물론 조금 헤매기는 했지만, 그렇게까지 오랜 시간이 걸린 것 같지는 않았다. 스킬이 자동으로 움직여 주는 마력의 방향을 내가 직접 제어해 스킬처럼 움직이는 건 흥미로운 경험이었다.

"하핫."

웃음이 터져 나왔다. 재미있는데, 이거?

아무래도 신살자로 전직해서 얻은 스킬 그 자체보다는 거기서 얻은 힌트가 내겐 더 유용하다는 느낌이다.

해보니까 알겠는데, 이건 마력을 신성처럼 가장하는 것에 불과하지 진짜로 마력을 신성으로 바꾸는 건 아니었다. 물을 강하게 쏴서 다이아몬드를 자를 수 있게 할 수 있지만 그것의 본질은 물인 채인 것과 마찬가지였다.

신성 방어막은 물론이고 마기 방어막도 벨 수 있겠지. 아직 신성을 갖추지 못한 자에게는 말 그대로 회심의 스킬이 될 터였다.

물론 나한테는 신성이 있으니 그렇게까지 절실하지는 않다. 그냥 신성을 칼에 두르고 휘두르거나, 여차하면 [진리의 검]의 [불의 검]을 켜는 게 더 효율적이긴 할 것이다.

하지만 레벨 업으로 다시 채울 수 있는 자원인 마력으로 신성과 비슷한 효과를 낼 수 있다는 건 꽤 획기적인 발견이다. 연구해 보면 꽤 재미있는 결과를 얻을 수 있겠다는 생각에, 나는 싱글싱글 웃었다.

그런 생각에 골몰하던 나는 곧 어떤 결론에 이르렀다.

"그럼 이 스킬도 키울 필요 없겠네?"

비슷한 짓을 스킬 없이 할 수 있는데, 굳이 [신성 가르기]에 스킬 포인트까지 쏟아가며 성장시킬 이유는 많이 줄어들었다. S랭크 보너스가 신경 쓰이긴 하지만 호기심 좀 채우자고 포인트를 낭비할 정도의 여유는 내겐 없다. 정확히는 우선순위에서 밀리지.

"나중에 여유가 생기면 올리든지 해야겠어."

과연 그런 날이 올까 의구심이 들긴 하지만, 어쨌든 나중으로 미뤄두자.

*　　　*　　　*

신살자로 전직하면서 3차 직업에 올랐기에, 나는 부직업을 세 개 고를 수 있게 되었다.

내가 고른 부직업 중 첫 번째는 당연히 요리사였다. 나머지 다른 두 직업은 고민 좀 했는데, 주리 리와의 격렬한 토론을 벌인 결과 농부, 심마니를 고르게 되었다.

먼저 농부는 요리사와의 시너지를 노린 선택으로, 주리 리의 말에 의하면 거의 대부분의 인류연맹 소속 요리사가 농부나 어부 중 둘 중 하나는 겸직하고 있다고 한다. 요리 재료를 요리에 적합하도록 직접 길러내는 게 기본이라나.

주리 리의 말을 듣고 나도 낚시와 조개 채집, 양식 등을 배울 수 있는 어부로 마지막 슬롯을 채우는 것도 생각해 봤지만, 이 세계의 바다 상태를 생각해 보면 쉽게 고를 수 없는 직업이었다.

그래서 어부 대신 자리를 차지한 게 심마니라는 직업이다. 조금 뜬금없을 수 있지만, 그냥 삼만 캐러 돌아다니는 직업이 아니라 다른 약초와 버섯, 식용 풀의 구분과 채집, 탐지 능력도 주어진다고 한다. 키워 먹지 못하면 캐 먹을 수도 있다는 건 꽤 매력적인 차선책이다.

하지만 결정적으로 작용했던 건 직감과 행운이 직업 활동의 성패를 좌우한다는 주리 리의 설명이었다. 직감하고 행운하면 나 아니겠는가?

그리고 뭐, 한 가지 콤보를 더 노릴 수 있을 것 같기도 하고 말이다.

내 능력 중에는 마력을 생명 속성으로 바꾸는 게 있다. 이 속성의 마력이 식물의 생장 속도를 가속화시켜 준다는 건 이미 경험한 바 있다.

일반적인 심마니라면 보통 어린 삼을 발견하면 그냥 나중을 노려야 하지만, 내 이 능력을 사용하면? 산삼의 남획이 가능해진다!

"고마워, 주리 리."

─별말씀을. 이게 제 일인 걸요.

이제는 익숙해진 인사를 교환하고, 나는 레벨 업 마스터를 인벤토리에 넣었다. 그리고 애들을 향해 말했다.

"얘들아, 밥 먹자!"

5성 요리에 대한 기대로 눈동자를 반짝거리는 안젤라에겐 미안하지만, 오늘의 요리는 내가 요리사로서 만드는 첫 요리가 될 예정이었다.

사용할 재료는 상점에서 적당히 산 성급 평가도 붙지 않은 일반 재료. 초보 요리사 주제에 5성급 재료를 낭비할 수는 없으니 당연한 판단이다.

이런 게 맛있을 리가 없지. 하지만 나의 레벨 업을 위해 희생해 줘야겠다, 얘들아!

*   *   *

하워드 가문의 가주, 키예드 하워드는 아침부터 기분이 좋았다.

"내가 이 젊은이를 눈여겨본 보람이 있었군!"

들고 있던 종이 뭉치를 손등으로 탁 치며, 키예드는 껄껄껄

웃었다. 그가 들고 있던 종이 뭉치는 일견 신문처럼 보이지만 보통 신문이 아니다. 하워드 가문에서도 가주인 키예드에게만 열람이 허용되어 있는, 인류연맹의 수뇌부에게만 전달되는 극비 정보가 실리는 정보지였다.

키예드가 보고 있는 지면에는 헤드라인으로 이런 기사가 실려 있었다.

〈인류연맹의 대영웅 이진혁, 신살자로 전직!〉
〈고작 1년 6개월 만의 쾌거〉

극비 정보치고는 좀 싸구려 같은 헤드라인이었지만, 적어도 키예드는 별로 신경 쓰지 않았다. 포맷보다 내용이 더 중요한 법이다. 그리고 사실 인류연맹의 수뇌부들은 이런 과거 지구의 싸구려 찌라시 같은 포맷을 선호했다. 이제는 추억의 것이 되어버린 탓이다.

키예드가 기사를 충분히 들여다보고 다른 기사들도 넘겨보다가 만족한 기색으로 테이블 위에 종이 뭉치를 내려놓자, 종이 뭉치는 백지로 변해 버렸다.

이 종이 뭉치를 정보의 두루마리로 바꿔놓으려면 인류연맹에서 독자 규격으로 개발한 스킬을 사용해야 한다. 게다가 오후가 되면 다른 내용으로 바뀌어 있을 테니, 이 정도면 꽤 보안에 신경 쓴 편이라고 할 수 있었다.

"손주 놈이 의외의 쾌거를 올렸어. 후후후."

이미 종이 뭉치는 내려놨음에도, 키예드는 다시 음산하게 웃었다. 그에게 손자는 많았지만, 지금 그가 가리킨 손자는 키르드였다.

인류연맹의 대영웅이 자신의 손자를 구해줄 줄이야! 키예드는 그걸 기회 삼아 무려 5성 요리 식식권을 가문의 이름으로 영웅에게 내놓았다. 말하자면 합법적인 뇌물이라 할 수 있었다.

솔직히 말해 키예드에게 키르드는 어찌 되든 상관없는 존재였다. 물론 가문의 체면이 있기에 납치범인 로제펠트에게 어느 정도의 현상금을 걸어놓긴 했지만, 누가 겨우 그 정도 현상금을 위해 희대의 악당인 로제펠트에게 싸움을 걸겠는가 싶은 정도였다.

키예드에게 중요한 건 인류연맹의 대영웅, 이진혁이었다.

불과 튜토리얼 졸업 1년 남짓한 세월 만에 3차 직업에 오른 전무후무한 성장 속도. 그리고 거기까지 성장하는 데 밑거름으로 무려 교단의 인퀴지터를 잡아먹은 괴물. 심지어 신들의 분노를 살 위험을 감수하고 다음 직업으로 신살자를 선택할 정도로 담대한 걸물.

이런 자를 아군으로 삼지 않으면 달리 누굴 아군으로 끌어들이겠는가?

사실 키예드가 이진혁을 밀어주기로 결정하고 하워드 가문의 일원을 회의장으로 파견한 건 1년도 더 전의 일이었다. 키예드는 자신에게 혜안이 있어 그런 결정을 했었다고 믿고 있었다.

실상은 조금 달랐지만 그게 무슨 상관인가? 누가 감히 하워드의 가주 키예드에게 토를 달 수 있을까?

어쨌든 키예드의 복안은 잘 실천되고 있는 것처럼 보였다.

하워드 가문의 이름을 대영웅에게 각인시키고, 그걸 인연으로 가문으로 끌어들인다.

설령 이진혁을 가문의 일원으로 끌어들이지 못하더라도, 알게 모르게 하워드 가문이 그를 위해 한 일들을 어필해 주면 적어도 우호적인 이미지를 쌓을 순 있으리라.

그리고 주위에 그런 뉘앙스를 풍기는 것만으로 하워드 가문이, 키예드가 얻을 정치적 자산은 말 그대로 막대했다. 대영웅이 인류연맹의 시민들에게 얻는 지지도는 그야말로 절대적이었으니까.

물론 대영웅의 신상은 철저히 기밀로 숨겨져 있지만, 그런 존재가 있다는 것만큼은 시민들에게도 잘 알려져 있었다. 그 행보가 지나치게 파격적인 나머지 대영웅 그 자체가 인류연맹의 수뇌부가 날조해 낸 존재가 아니냐는 일부의 의견도 있었지만, 그것도 이진혁의 가장 최근의 행보이자 잘 알려진 업적인 로제펠트 처단 사건으로 인해 쑥 들어가 버렸다.

교단을 비롯한 다른 세력들도 이진혁에게 현상금을 지불하기 바빴고, 그런 일들이 대외적으로 잘 알려졌기에 루머를 불식시키는 데 충분한 증거가 되었다.

"적당한 연령대의 손녀가 몇 명 있었지. 가장 아름답고 매력적인 아이가 누구더라? 결혼동맹이야말로 가장 견고한 동맹 형태니, 그 방법도 미리 생각해 놔야겠다."

3대 가문도 아니고 인류연맹 출신조차 아닌 외부인에게 결혼동맹을 제의한다는 건 하워드 가문으로서는 꽤 파격적인 결정이지만, 키예드는 아깝다고 생각하지 않았다.

이진혁에게는 그 정도의 가치가 있다. 결혼동맹에 성공만 한다면 인류연맹 3대 가문이 아니라 최고의 가문으로 등극할 수도 있을 터였다.

"좋아. 모든 것이 잘 풀리고 있어."

키예드는 안 먹어도 배부른 것 같은 시선으로 백지가 된 종이 뭉치를 내려다보았다. 갑작스러운 전화 한 통이 그에게 날아들기 전까지, 그는 계속 그러고 있었다.

그러나 통화를 마친 후, 키예드의 얼굴에는 조금 전까지와는 정반대의 표정이 떠올라 있었다. 통화의 상대는 인류연맹의 또 다른 3대 가문인 스트로하임 가문의 가주였고, 통화의 내용은 다음과 같았다.

이번 대영웅의 포상으로 농수산물이 나갔다. 선물로 날생선이 나갔다는 건 싸우자는 뜻 아니겠느냐. 만약 이 일로 대영웅이 인류연맹에 부정적인 감정을 품게 되면 누가 책임을 져야 하느냐. 듣자 하니 하워드 가문의 일원이 주도적으로 이 일을 진행했다던데, 무슨 일이 생기면 책임을 질 각오는 하셔야 할 거다.

스트로하임 가문의 가주는 이번 일로 하워드 가문을 엮어 내겠다는 의도를 매우 확실히 하고 있었다.

안 그래도 키르드의 일로 무리하게 5성 요리 시식권을 가문의 이름으로 다섯 장이나 보낸 터라, 다른 가문에선 어떻게 견제할 수 없을까 노심초사하던 차였다. 그런 상황이었는데 마침 이런 일이 생겨 버렸으니, 저 가주 놈의 목소리에 웃음꽃이 피어나는 것도 무리는 아니었다.

대영웅이 인류연맹에서 떠나면 떠나는 거지만 일단 나는 통쾌하다는 심정을 숨기지도 않는 상대의 어투에, 듣는 키예드의 속은 그저 타들어갈 뿐이었다.

전화를 끊은 키예드는 완전히 굳어버린 얼굴을 푸들푸들 떨더니, 치밀어 오르는 분노를 참지 못한 듯 와악 하고 소릴 질렀다. 그 외침 소리에 놀란 비서실장이 키예드의 방에 뛰어 들어오자, 키예드는 격노한 목소리로 외쳤다.

"그놈 불러! 이번에 대영웅의 논공행상 회의에 참석한 그 놈!!"

"소, 손자분! 유그드 하워드 말씀이십니까?"

유그드 하워드가 누구더라? 키예드는 순간 어리둥절했으나, 어쨌든 비서실장 말이 맞겠지 싶어 다시 분노에 차 외쳤다.

"누구든 상관없어! 그놈 불러!!"

"아, 알겠습니다!!"

혹여나 불똥이 자신에게 튈까 두려웠던 듯, 비서실장은 날 듯 키예드의 방에서 뛰쳐나갔다.

"그 미친 새끼! 가문 말아먹을 놈!! 시킨 일이나 잘할 것이지 이 무슨!! 어휴······."

분노하다 못해 다리에 힘이 빠진 듯, 키예드는 한숨을 내쉬며 그 자리에 주저앉았다. 이름도 잘 기억 안 나는 가문의 식탁 끄트머리에 앉은 얼빠진 놈이, 자신이 직접 세운 완벽한 복안에 초를 치다 못해 밥상을 엎어버리다니.

"···내 이놈을 가만 안 두리라!"

키예드는 분노로 다시 일어섰다.

그렇게 중요한 회의의 인선을 스스로 고르지 않고 아들놈에게 떠넘긴 자신의 책임은 처음부터 키예드의 머릿속에 존재한 적조차 없었다.

*　　　　*　　　　*

유그드 하워드는 오전부터 기분이 좋았다.

오늘 아침 회의로 드디어 키르드와 그를 구했다고 하는 그 대영웅인지 뭐시깽인지에게 한 방 먹이는 데 성공했기 때문이다.

물론 그는 이미 차원문 관리소장과 야합해 키르드를 비롯한 대영웅 일행의 인류연맹 귀환을 방해해 놨지만, 그거 하나만으로는 영 성이 안 찼다.

그러던 와중에 괜찮은 시기에 괜찮은 주제로 회의가 열렸다. 대영웅의 논공행상이라는, 주제만 보자면 그마저도 마음에 들지 않았으나 타이밍만 보자면 귀신 같은 의제였다.

그 결과 마음에 안 드는 대영웅인지 뭔지 하는 그 출신 성분도 모를 것에게 비록 엿은 아니어도 날생선을 먹였으니 기분이 통쾌하고 시원하기 그지없었다.

"영웅인지 뭔지 모르겠지만, 천한 것들은 날생선이나 씹어 먹으라지. 하하핫!!"

크리스티나인지 뭔지 하는, 출신도 천한 여자 하나가 발악해 대며 유그드의 정당한 권리 행사를 방해했지만 소용없었다.

유그드를 비롯한 고귀한 태생의 후예들 모임인 '오블리제'가 그의 든든한 아군이 되어주었고, 적은 표 차라고는 하나 표결에서 승리를 거두어 그의 의견을 밀어붙이는 데 성공했다.

단 하나, 마음에 걸렸던 건 스트로하임 가문의 머저리가 표결 때 의미심장한 미소를 지으며 기권표를 던진 것이었다.

뭐, 스트로하임이 하워드에 반대하는 건 이미 3대를 걸쳐온 전통이라 할 수 있을 정도라 이상한 일이 아니다. 문제는 그게 반대표가 아니라 기권표였다는 거다. 마치 자신은 이 일에 반대하지 않지만 엮이는 건 곤란하다는 것처럼.

그리고 표결이 종료된 후, 크리스티나의 그 피를 토하는 것 같았던 일갈.

─후회하실 겁니다! 누군가는 책임을 지게 될 것입니다!!

통쾌한 와중에도, 왠지 껄끄러움이 남은 건 이 두 사건 때문이었다.

"얼굴도 반반한 년이… 쯧."

옛날 같았으면 눈도 못 마주치고 다녔을 년이.

그런 말을 직접 입 밖에 꺼내지는 않았다.

대외적으로 인류연맹은 공화제임을 주장하고 있었고, 모든 시민권자가 같은 권리를 지닌 평등한 존재로 법적으로 인정받고 있었다.

인류연맹의 국시가 이런데 차별적인 언사를 직접적으로 하게 되면 분란의 여지가 될 수 있음을 이제는 유그드도 잘 알고 있었다. 아무리 위대한 하워드 가문의 고귀한 적장자 혈통이라 하더라도 말이다.

유그드가 여론이란 걸 의식하게 되기 전까지 몇 번쯤 불벼락을 맞고 데어볼 필요가 있었지만, 사람은 원래 실수로부터 배우는 존재 아니던가.

"흥, 개돼지들. 정말로 모두가 평등하다고 믿는 건 아니겠지? 하기야 개돼지니 그 정도로 멍청할 순 있겠어."

물론 유그드가 배운 건 속마음을 숨기는 법이었고, 그의 귀

족주의적 가치관은 그대로였지만 말이다. 이상과 현실이 다른 것은 항상 있는 일 아니던가? 이상주의자가 뭐라고 떠들든 고귀한 가문의 혈통이 모든 것을 갖는 것이 현실이다.

그래서 자신들의 모임 이름도 '노블리스'라고 하지 않고 '오블리제'라고 에둘러 지었다. 누군가 이 이름을 두고 시비를 걸어온다 한들, 아니라고 우기면 그만인 딱 좋은 이름이다.

"뭐, 됐어."

이보다 더 통쾌할 수가 없을 터였던 이번 일의 미묘한 뒷맛을 애써 잊으려 하며, 유그드는 오블리제의 비밀 회합을 기획했다.

"오늘은 우리 오블리제의 회원들에게 귀한 선물이라도 돌려야겠군."

유그드는 마구니 동맹에서 은밀히 넘겨받은 [욕망의 독]과 [마라 파피야스의 뼛가루]로 간만에 시름을 잊을 생각이었다.

사실 외부 세력인 마구니 동맹에서 이런 물건을 받아오고 취급하는 건 연맹법상 범죄지만 뭐 어떤가? 파티 장소는 저택의 비밀 회합장이고, 연맹 수사관은 감히 하워드 가문의 저택을 뒤질 생각조차 하지 못할 텐데.

[마라 파피야스의 뼛가루]를 코점막으로 흡수한 후 [욕망의 독]으로 은밀한 욕망을 실현시켜 줄 마구니를 불러내면 이 세상의 것이 아닌 쾌락을 맛볼 수 있게 된다. 그야말로 중독적인 쾌락. 그 쾌락을 맛볼 생각에 콧노래가 절로 나왔다.

그러나 유그드의 그 콧노래는 곧 멈췄다.

"유그드, 가주께서 부르신다."

자신을 잡으러 온, 가주 직속 비서실장의 엄한 표정을 마주하자마자.

"무, 무슨 일."

"잔말 말고 따라와."

가주 직속 비서실장은 엄한 목소리로 유그드에게 명령했다. 유그드는 그의 태도에 움찔 굳었으나, 곧 분노를 느꼈다. 비서실장은 하워드 가문의 방계 출신이다. 자신은 적장자 혈통이고. 그런데 감히 방계 혈통 주제에 적장자 혈통에게 명령을 해?

"…가, 감히!"

"뭐?"

"아무것도, 아닙니다."

그러나 돌아서며 눈을 부라리는 비서실장의 모습에, 유그드는 그대로 쪼그라들 수밖에 없었다. 그래, 방계도 하워드지. 나보다 어른이고. 유그드는 재빨리 현실과 타협하며 자신의 자존심을 지켰다.

*　　　　*　　　　*

―끝내 정의는 승리하는 법이에요!

레벨 업 마스터를 꺼내들자마자, 크리스티나가 뜬금없는 소리를 했다.

"갑자기 그게 무슨 소리야? 크리스티나."

─대영웅님께 드렸던 보상 말인데요. 변경이 좀 있었어요.

"엉?

나는 고개를 갸웃거렸다. 그러다 어떤 가능성에 대해 떠올렸다.

오늘 오전에 잔뜩 받은 5성 요리 재료들. 이거 조리해서 먹겠다고 기껏 요리사로까지 전직했는데 설마…….

"설마 줬다 뺏는 건 아니겠지?"

─아, 아니에요. 그럴 리 없잖아요. 추가 지급이에요.

크리스티나는 서둘러 손을 내저었다. 그 모습에서 난 직감적으로 느꼈다.

원래 다시 가져가려고 했었구나.

하지만 그런 의도를 접어 넣었다는 건……. 그런 결정이 크리스티나의 독단에 의해 정해질 리는 없을 것 같았다.

"…무슨 일 있었어?"

─이 추가 지급 건을 포함해서 이번 사건과 관련된 인물과 사건의 취급 수준은 비밀로 변경되었어요!

크리스티나는 활짝 웃으며 대답했다. 뭔지는 몰라도 되게 통쾌한 일이라도 있었던 모양이다. 예를 들어, 회의에서 승리했다든가.

—인류연맹은 대영웅님의 논공행상 논의에 참가한 의원들이 저지른 무례에 깊이 사죄드리며, 추가 포상을 드리기로 결정했습니다.

아니나 다를까, 크리스티나의 입에서 전모가 드러났다.

—그랜드 리큐르 마스터가 직접 담근 5성급 보석 담금주 1세트 12병입니다. 아, 이거 한 병당 가격이 금화 백만 개쯤 해요. 시중에선 못 구하고 마지막 경매가가 그랬던 거지만요. 되팔면 더 비싸게 파실 수 있으실 거예요. 세트로 경매에 붙이면 더 값이 나가겠죠.

금화 천이백만 개라. 나도 금화를 꽤 모으긴 했지만 그래도 놀라운 가격이다. 그리고 팔면 가격이 더 나간다니.

"이러다 내가 인류연맹의 기둥을 다 뽑아먹는 거 아니야?"

—아하하, 무슨 말씀이세요? 이미 대영웅님이 인류연맹의 가장 두껍고 큰 기둥이에요!

우와, 부담돼.

내 속내를 아는 건지 모르는 건지, 아니, 분명 알고 있을 텐데 크리스티나는 활짝 핀 웃음을 그치지 않은 채 내게 이렇게 말했다.

—부디 앞으로도 인류연맹을 잘 부탁드립니다!

사실 크리스티나의 이런 태도는 내게 크게 두 가지를 암시해 주고 있었다.

첫 번째는 그녀의 말대로 '정의가 승리', 즉 인류연맹의 내게 우호적인 세력이 적대적인 세력으로부터 승리를 거둬들였다는 것. 그리고 두 번째는 내가 인류연맹을 떠나기로 결심했을 때, 적어도 교단처럼 '파문' 같은 극단적인 방법을 쓸 수 없다는 것.

그냥 단순히 내가 넘겨짚은 것일 수도 있지만, 어쩐지 난 그렇게 느끼고 말았고 내 직감은 그리 틀린 적이 없다.

"어, 그래."

그것과는 별개로, 나는 심드렁하니 크리스티나의 말에 대꾸해 줬다. 그렇다고 승리의 미소를 짓는다든지, '아, 물론이지. 나만 믿어' 같은 소릴 하는 건 내 스타일이 아니니까.

—아, 맞다. 그리고 추가 포상은 이게 전부가 아니에요!!

크리스티나는 뒤늦게 생각난 듯 그렇게 소리 질렀다.

*   *   *

결과.

인류연맹으로부터 받은 추가 포상은 담금주 12병에 더해 브랜디, 위스키, 소주에 청주에 럼에다 테킬라까지 술만 한 궤짝을 받았다. 물론이라고 해도 될지는 모르겠지만 어쨌든 전부 5성이다.

—이런 말씀을 드리는 건 생색내는 것 같아서 조금 저어됩니다만, 꼭 전해달라고 해서 저도 어쩔 수 없이 전해 드리는

건데요.

내게 모든 추가 보상을 넘겨준 후, 크리스티나는 이런 말을 덧붙였다.

─사실 인류연맹에서 술은 환금성이 대단히 높은 편이에요.

"되게 비싸단 소리네?"

─그렇게도 표현하죠. 특히나 브랜디나 위스키를 비롯한 증류주는 더욱 그래요. 그 중에서도 5성 술은 같은 무게의 다이아몬드보다 비싸죠. 아니, 고작 다이아몬드랑 비교하면 안 되는구나. 인류연맹 내에서 거래되는 진은과 비교를 해야겠네요.

"…그렇게까지?!"

진은은 인류연맹의 적성 세력인 교단에서만 산출되기 때문에 인류연맹에선 특히 더 비싼 재화다. 그런데 술이 그거랑 비견되다니. 좀 납득이 안 되는데?

─그야 그렇죠. 술은 인벤토리에 방치해 놓는다고 자동으로 만들어지는 게 아니거든요. 숙성 조건을 엄격히 지켜야 하기 때문에 돈도 시간도 노력도 많이 드는 궁극의 재화 중 하나예요.

하긴 요리도 인벤토리에 넣어놨다가 꺼내놓으면 언제든지 갓 만든 상태로 눈앞에 차려낼 수 있는 세상에서, 숙성과 발효란 건 의외로 사치스러운 것일 수 있었다.

그러고 보니 예전에 링링에게서 김치 가격을 물어봤을 때 금화 2개를 불렀었지. 이런 제반 사정을 감안하면 그 김치 가격도 의외로 경제적인 가격일 수도 있겠다 싶었다.

―그런 의미에서 술 선물은 적어도 인류연맹에서는 가장 높은 그레이드의 선물이에요. 모르기는 몰라도 5성급 술은 가주급은 되시는 분들이 직접 꺼내놓은 걸 거예요. 아, 그리고 각 술은 연맹의 가문에서 자발적으로 내놓은 거라고 꼭 말씀드리라고 하더군요.

어째 술 종류가 천차만별이다 했더니 그런 사정이 있었군. 그건 그렇다 치고.

"거참, 되게 생색내네."

이런 생각이 드는 건 어쩔 수 없었다.

―그 정도 가치가 있는 선물이니까요. 그리고… 그만큼 이전에 연맹이 저지른 무례를 사죄드리고 싶다는 의미로 받아들여 주시면 감사하겠습니다.

크리스티나는 허리를 굽혀가며 그렇게 덧붙였다. 그런 크리스티나의 덧붙임으로 인해, 나는 이 일을 가문의 일부 세력이 독단적으로 저질렀다가 윗선에서 그 사실을 뒤늦게 알고 뒷수습에 나선 것일 터라는 추리를 해낼 수 있었다.

이게 진실인지 어떤지는 모르고, 확실하게 확인해 볼 생각도 별로 없지만 말이다.

"알았어. 누군지는 모르지만 고맙다고 전해드려. 아, 누가 선물해 준 건지 알 수 있을까?"

—아뇨, 그건 금지되어 있어요.

"아, 그래? 뭐가 그렇게 깐깐해?"

—이미 말씀드렸다고 생각하지만요, 그만큼 연맹에서 대영
웅님의 위상이 크고 대단한 거라구요. 특정 가문이 대영웅님
의 호의를 사는 걸 두려워할 정도로 말이죠.

"그러냐."

—네.

뭐, 그렇다고 쳐두자. 이렇게 좋은 술을 이만큼이나 내놨는
데 나도 더 뒤집어 까볼 마음은 들지 않는다. 그런 의미에서
는 그들 가문의 '뒷수습'은 성공한 셈이 되려나.

"그럼 '사죄'를 받아들였다고 해두자."

—그러시면 될 것 같아요.

그러면서 안도의 웃음을 흘리는 걸 보니, 사죄하는 가문들
보단 크리스티나가 더 안도하는 것처럼도 보였다. 사이에 껴
서 고생하네.

"고생했어."

—별말씀을요!

이전까지의 심로는 다 날려 버린 듯 상쾌한 표정의 크리스
티나였다.

그렇게 크리스티나를 돌려보내고 레벨 업 마스터를 인벤토
리에 넣은 나는 인벤토리의 술들을 손가락으로 건드려 보며

실실 웃었다.

이게 얼마 만의 술이냐. 그리고 보니 수백 년 만의 술이로군. 가슴이 뛴다.

이게 그렇게 비싸다니 금화로 바꿔먹는 것도 나쁘지는 않겠지만, 이제는 인류연맹의 상점에서 살 만한 것들은 대충 내 수중에 있는 금화로 해결된다. 전설급 스킬을 하나 사는 것보다는 스킬 포인트를 모으는 게 먼저가 되다 보니 아무래도 금화는 남아돌거든.

"그렇게 비싼 술을 내가 돈 주고 사긴 좀 그렇지만, 받은 술은 마실 수 있지."

그러니 한 병쯤은… 하는 마음이 드는 것도 어쩔 수 없다. 누가 날 비난하겠는가?

"오늘은 술판이다!"

에라이, 마시고 죽자!

Chapter 7

　교단이나 만신전, 만마전 같은 대형 세력에 비하자면, 마구니 동맹은 사실 별로 큰 세력이라고는 할 수 없었다. 그렇다고 인류연맹 정도로 작은 세력인 건 아니지만 아무래도 다른 주류 세력에 비하자면 급이 처지는 건 어쩔 수 없었다.

　그러나 그것은 마구니 동맹의 대외적으로 알려진 세력만을 계산에 넣었을 경우였다.

　마구니 동맹의 진짜 힘은 다른 세력에 잠입시켜 둔 첩자와 마구니에 홀린 자들, 그리고 마라 파피야스의 살이나 뼈를 지나치게 취해 마구니가 되어버린 자들로부터 나왔으니까.

　그것도 각 세력의 상류층을 주로 노린 터라, 만약의 경우 마구니 동맹이 각 세력에 발휘할 수 있는 영향력은 결코 무시할 수 없는 수준이었다.

그리고 마구니 동맹의 마수는 그들 세력보다 체급이 낮다고 평가되는 인류연맹이라도 예외 없이 뻗어나가 있었다.

정확히 하자면, 원래는 그랬다.

"본 동맹에서 작업을 쳐두었던 인류연맹의 차기 유력자들이 상당수 축출당했습니다."

인류연맹을 담당하는 마구니 두령이 그렇게 보고해 왔을 때, 마구니 동맹의 수장, 마라 파피야스의 12,257번째 분신은 귀를 의심했다.

"인류연맹에게 본 동맹의 첩자를 솎아낼 정도의 실력은 없을 텐데?"

그런 마라 파피야스의 분신의 힐문에, 마구니 두령은 뚱하니 대답했다.

"우연의 일치였습니다."

"우연의 일치로 그게 되나?"

"하지만 우연의 일치였습니다."

마라 파피야스의 분신은 눈을 치켜뜨고 마구니 두령을 압박했다.

"너, 그냥 둘러대는 거 아니야?"

"아닙니다. 우연의 일치였습니다."

마구니 두령의 끈질긴 대꾸에 질린 마라 파피야스의 분신은 한숨을 푹 내쉬었다.

"좋아, 들어주지. 설명해 봐."

마구니 두령은 인류연맹에서 일어난 일에 대해 간단히 요약해서 설명했다. 그 설명을 들은 마라 파피야스의 분신은 무릎을 탁 치며 외쳤다.

"진짜 우연의 일치네?"

통칭 '오블리제'라는 비공개 모임에 속한 유력 가문의 젊은 이들이 이진혁의 논공행상 회의에 참가해 훼방을 놓았고, 그게 문제가 되어 그들 대부분이 축출당했는데 하필이면 그들이 마구니 동맹의 작업 대상이었다는 게 일의 진상이었다.

일을 주도한 건 유그드 하워드라는 인류연맹 3대 가문의 직계 혈통이었는데, 그가 자신의 세력을 일구기 위해 이용했던 게 마구니 동맹에서 받은 [욕망의 독]과 [마라 파피야스의 뼛가루]였다.

"아니잖아, 멍청아! 네가 지원할 대상을 그런 머저리로 고른 게 잘못이지!"

마라 파피야스가 손바닥을 휙 뒤집으며 외쳤다. 그러자 마구니 두령도 소리를 빽 질렀다.

"아닙니다! 제 책임이 아닙니다!! 우연의 일치입니다!!"

"이런 대가리에 마구니 낀 놈 같으니라고!"

"칭찬 감사합니다!!"

와하하하핫, 하고 둘이 마주 앉아 웃어댔다. 그러나 그 웃음도 길게 이어지진 않았다.

"저, 이제 어떻게 합니까?"

"어쩌긴, 인마."

걱정에 가득 찬 마구니 두령의 얼굴을 내려다보며, 마라 파피야스의 분신은 혀를 쯧쯧 찼다.

"네 말대로 놈들이 잡힌 건 우연의 일치니, 인류연맹에서 우리 꼬리를 밟을 순 없을 거야. 당분간 작업을 멈추고 잠잠해질 때까지 기다리면 뭐라도 되겠지. 아, 혹시 놈들 중에 마구니가 된 놈은 있나?"

"없습니다."

단호하기까지 한 마구니 두령의 대답에 마라 파피야스의 분신은 입을 쩝쩝 다셨다.

"거, 일 참 잘했네!"

"감사합니다."

"지금 비꼰 거야, 멍청아! 어쨌든 전화위복이군. 마구니가 된 놈이 없다면 더더욱 들키지 않을 테니. 그럼 됐어. 묻어놔."

마라 파피야스의 분신은 손을 내저으며 돌아누우려다, 뭔가 생각났다는 듯 다시 제대로 앉으며 마구니 두령에게 손가락질을 했다.

"너, 3개월 감봉."

"으악!"

마구니 두령은 총에라도 맞은 듯 그 자리에 꺼꾸러졌다. 그런 놈을 보며, 마라 파피야스의 분신은 어이없다는 듯 웃었다.

"야, 그런데 그 이진혁인지, 뭔지 하는 놈은 아직 [욕망의 독] 안 썼냐?"

마구니 동맹에도 이진혁에 관한 정보는 전해져 있었다. 인류연맹에 잠입해 있던 첩자와 그 협력자들에게서 얻어낸 정보였다.

이진혁이 로제펠트를 처치하고 그 현상금을 받아갔을 때, 마라 파피야스의 분신 중 몇 명이 이진혁에게 관심을 가지고 정보를 요구한 덕에 꽤 상세한 정보가 들어와 있었다. 물론 잠입한 첩자들이 솎아내진 지금은 그것도 어제까지의 이야기가 되겠지만 말이다.

지금 마구니 동맹이 이진혁에 관해 알 수 있는 건, 그의 [욕망의 독] 사용 여부 정도였다.

"잠시만 기다려 주십쇼. 지금 검색을……."

"아, 미리 좀 알아놓으면 안 돼?"

대답이 즉시 나오지 않는 것이 불만인지, 마라 파피야스의 분신은 두령에게 쓴소릴 했다.

"알아놓긴 했는데 혹시나 해서 그랬습니다. 그리고 혹시나가 역시나군요."

마구니 두령이 개떡같이 말하긴 했지만, 마라 파피야스의 분신은 찰떡같이 알아들었다.

"안 썼다, 이거군. 거참. 그놈 플레이어 맞냐? 강건 높으면 성욕도 올라갈 텐데, 그걸 안 써? …그럼 내 뼈도 안 썼겠네?"

"정확히 하자면 분신님의 뼈는 아니죠."

그렇다고 마라 파피야스 본신의 뼈인 것도 아니다. 마구니 공장에서 성형되어 양산된 물건일 가능성이 높았다. 마구니 두령도 자세히는 몰랐지만, 일단 그렇게 내뱉고 봤다.

"아, 아무튼."

"네, 안 썼습니다."

마구니 두령의 딱 부러진 대답을 듣곤 마라 파피야스의 분신은 아쉬운 듯 무릎을 쳤다.

그가 생각하기에 이진혁은 참 탐나는 인재였다. 꼭 마구니로 만들고 싶은, 그게 아니라면 홀려라도 두고 싶은 인재였는데. 오금 뼈는 고사하고 [욕망의 독]조차 한 번도 안 쓸 줄이야. 이빨도 안 박힌 셈 아닌가?

"…뭐, 언젠간 쓰겠지. 다음에 또 개한테 뭐 줄 일 있으면 술이나 잔뜩 갖다 줘라."

"술이요?"

그 비싼 술을 왜? 라고 묻는 것 같은 표정이었다. 마라 파피야스의 분신이 보기에 참 배알 꼴리는 표정이기도 했다. 뒤통수를 확 내려칠까? 하는 욕망을 애써 참으며, 마라 파피야스의 분신은 입을 열었다.

"술에 취하면 인마. 판단력이 떨어져서 말이야. 어? 인마. 알아들았지?"

"예산만 배정해 주신다면야 뭐, 어쨌든 말씀대로 하겠습니다."

"이거 참 골 때리는 놈이네."

그래도 기본적으로 쾌락주의자에 방탕한 마구니들 중에선 이 마구니 두령이 일을 잘하는 편이라는 걸 알고 있는 마라 파피야스의 분신은 더 이상 그의 월급을 감봉시키진 못하고 혀를 끌끌 찰 뿐이었다.

            *   *   *

술은 참 좋은 거다.

어떤 면에서 좋냐고 묻는다면 리스트를 작성해야 할 정도로 좋은 점이 많다. 그러나 그중에서도 가장 좋은 점만 꼽으라고 묻는다면 나는 이렇게 대답할 것이다.

맛있다는 점.

물론 맛없는 술도 있고 취하는 것이 목적인 술도 있다. 그러나 내 인벤토리에 선물로 들어온 술들은 모조리 5성이고, 어떤 종류건 다 맛있었다.

각 술이 독특한 풍취를 가져 차별화되는 것도 재미있었고, 그러면서도 다 맛있다는 건 상당히 인상적이었다.

하지만 무엇보다 중요한 점은, 나는 맛있는 걸 먹으면 경험치를 얻는 고유 특성의 소유자라는 점이다.

―레벨 업!

또 레벨이 올랐다.

"후……."

나는 만족스러운 한숨을 내쉬었다. 내 숨결은 뜨거웠다.

"취한다."

그랬다. 내 입김에선 틀림없이 취한 자의 오묘한 열기가 뿜어져 나오고 있었다.

5성 술이라 그런가? 취한다는 상태이상의 원인은 보통 알콜이지만, 이 술들은 경우가 좀 다른 것 같았다. 알콜 정도의 독소는 인지하지도 못할 정도의 짧은 시간에 해독해 버리는 내 몸에도 반응이 오는 걸 보니 말이다.

"선배!"

안젤라가 발작하듯 외쳤다.

"선배는 왜 나한테 안 반해요?! 이렇게 예쁜데!!"

"너, 그 소리 23번째다."

"흐흐훙. 선배애."

내 지적에 기분이 좋아진 건지, 안젤라는 내 어깨에다 대고 뺨을 부벼댔다.

그랬다. 안젤라도 취했다. 취해서 개처럼 굴고 있다. 본래부터 무지 개 같다고 생각했었는데, 오늘은 한층 더 개에 가까워져 있었다. 지금 그녀는 거의 개 인간, 아니, 개 천사였다.

"이거 맛있네요! 정말 맛있어요!!"

케이도 일견 보기에 안 취한 것처럼 보이지만, 아까부터 저 소리만 반복하고 있었다. 분명 취한 거겠지.

"크흑… 인생은 게임이야……."

테스카는 확실히 취했다. 그보다 인생게임에서 진 게 그렇게 분했나? 술주정으로까지 저러고 있다니.

아, 5성 술은 그저 맛있고 강건 높은 자도 취하게 만드는 것에서 그 효과가 그치는 건 아니었다. 그 진정한 효과는 바로 소모한 신성의 회복을 빠르게 만들어주는 것이었다.

케이와 테스카의 증언으로 확실해졌다. 이미 신성을 잃고 영락해 버린 그들의 신성마저 미약하나마 되돌려 주고 있을 정도였으니 말이다.

이것이 내가 왜 이 두 전직 신들에게 취할 때까지 술을 퍼먹이고 있는가, 라는 질문에 대한 해답이었다.

이 둘이 신화급 스킬을 어느 정도 쓸 수 있을 정도로 신성을 회복시키면, 나는 그 신화급 스킬을 [간파]해서 뜯어올 수 있을 테니까.

게다가 신성을 회복시켜야 하는 건 나도 마찬가지다. [정저조천]으로 신성을 어느 정도 회복하긴 했어도, 말 그대로 어느 정도에 불과했다. 나도 마셔야 한다. 더 마셔야 한다.

"붓는다! 마셔!!"

[오병이어]

나는 취한 와중에도 술을 나누는 데 꼬박꼬박 오병이어를 쓰고 있었다. 이거 되게 신기하다. 내가 내 잔에 자작하면 다른 애들 잔에서 술이 꼴꼴꼴 차오른다. 와하하!

"으, 응?"

그런데 아까부터 키르드의 잔이 비어 있다. 보니까 키르드는 시체처럼 널브러져 움직이지 않게 되어 있었다. 이미 취해서 곯아떨어지고 만 것이다.

아, 미성년? 미성년한테 술 주면 안 된다고? 그런데 미성년이 뭐였더라?

와하하!

"크르릅, 쿠."

입에서 이상한 소리가 나왔지만, 아무도 신경 쓰지 않았다. 이렇게 취한 게 몇 년 만인지. 몇백 년 만인지. 잘 기억이 안 난다. 뭐 어때.

"적셔!"

나는 잔을 다시 채웠다.

*　　　*　　　*

"어… 음."

얼마나 마신 거지? 키르드 다음에는 안젤라가 기절했고, 서로 겨루던 케이와 테스카도 동시에 다운됐다. 결국 남은 건 나뿐인데.

"어… 씨."

나 혼자 마실 순 없잖아. 혼자 술을 마시는 버릇이 들면 알코올중독이 된다는 소릴 어디서 주워들은 것 같다. 그게 사실이든 아니든 관계없다. 그런 생각이 들어버렸다는 게 중요하다.

"으으……."

나는 인벤토리를 뒤적거렸다. 뭐가 있을까 싶어서. 그리고 그게 있었다.

[욕망의 독]

"어! 맞다!!"

희희낙락하며 인벤토리에서 [욕망의 독]을 꺼내다, 나는 즉시 문질렀다. 내 욕망을 100% 반영한 마구니를 소환하는 이 항아리라면! 내가 필요로 하는 마구니가 등장할 거야!

아니나 다를까, [욕망의 독]에서 마구니 한 마리가 기어 나왔다.

"조아써!!"

빠악!!

나는 기어 나오는 마구니의 머리통을 후려쳐 박살 냈다. 기습당한 마구니는 미처 항아리 밖으로 나오지도 못한 채 그 자리에 축 늘어졌고, 곧 환상처럼 흩어져 사라졌다. 그리고……

─레벨 업!!

레벨이 올랐다.

"바로 이거야!!"

내 욕망! 내가 바라는 것!!

"그건 역시 레벨 업이지!!"

나는 너무 기뻐서 춤을 덩실덩실 추다가, 또 [욕망의 독]을 문질렀다. 마구니가 한 마리 또 기어 나왔고, 나는 빠악!!

어, 와. 전투 경험치 많이 주네! 맛있다, 맛있다!!

"후히히히, 후하하하하!!"

나는 항아리를 껴안았다. 이게 지금 내 마누라다. 어화둥둥 내 사랑아!

야, 또 뭐가 기어 나오네?

빠악!

*　　　*　　　*

아침이 되었고, 나는 술에서 어느 정도 깨었다. 5성 술이라 그런지 숙취도 없었다.

"후……"

그리고 나는 생각했다. 차라리 필름이 끊겼으면 좋았을 텐데, 하고 말이다.

어젯밤의 기억은 고스란히 갖고 있다. 전부 다 기억난다. 이런 건 그냥 잊는 게 더 나을 거 같은데, 사람의 기억이란 건 잊고 싶다고 마음대로 잊을 수 있는 게 아니다.

[욕망의 독]은 반으로 갈라져 있었다. 마구니를 1개체 소환할 때마다 내구도를 6 소모하는 이 귀한 아이템의 내구도를 나 혼자 다 써버린 흔적이었다.

원래 내구도가 666이었으니까 111개체를 소환한 셈.

그것들 전부 머리통 쪼개서 없애 버렸다.

"으, 으으! 아까운 짓을!!"

제정신이었다면 좀 더 효율적으로 사용할 수 있었을 것이다. 예를 들어, 머리통을 깨기 전에 스킬을 쓰게 해서 그걸 뜯어먹는다든가! 분명 그런 게 가능했을 텐데!! 물론 결과적으론 머리통 깨는 결말에 도달하긴 했겠지만, 세상일이란 과정도 중요한 법이다.

아니, 사실 제정신이었다면 이 위험한 아이템을 쓸 생각도 안 했겠지. 튀어나온 마구니한테 홀릴 수도 있는데, 무슨 배짱으로 이걸 써먹겠는가?

"…역시 술이란 무섭군."

따지고 보면 술기운에 되게 위험한 짓을 한 셈이다. 결과가 좋아서 다행이지.

직업: 신살자
레벨: 11

술도 많이 마셨고, 마구니 머리통도 111개나 쪼겠다. 결코 이상한 레벨은 아니다. 오히려 레벨 업을 좀 덜한 것 같은 느낌마저 든다. 뭐, 이게 다 3차 직업의 레벨 업에 필요한 경험치량이 폭증해 버린 탓이지만 말이다.

[정신 방벽]
─등급: 매우 희귀(Super Rare)
─숙련도: 연습 랭크
─효과: 정신 방벽을 쳐, 각종 정신 공격으로부터 스스로를 보호한다.

[어둠 장막]
─등급: 매우 희귀(Super Rare)
─숙련도: 연습 랭크

—효과: 어둠 장막을 쳐, 신의 위광으로부터 스스로를 보호한다.

신살자 11레벨이 되었기 때문에 직업 스킬도 두 개나 새로 얻었다. 그런데 둘 다 방어용 스킬이다. 올리는 데 고생 좀 하겠군. 특히나 어둠 장막은 랭크를 올리면 수련치로 신의 위광을 막으라는 주문을 할 텐데, 어떻게 올릴지 벌써부터 걱정이다.

뭐, 이런 걱정은 나중에 하자.

[세계 퀘스트][반복]
—의뢰인: 세계
—분류: 토벌
—난이도: 어려움
—임무 내용: 마구니는 영혼을 타락시키고 세계를 좀먹는 벌레 같은 존재입니다. 보이는 대로 처치해 주십시오. 놈들을 10마리씩 처치하실 때마다 보상을 드리겠습니다.
—진행 상황: 마구니 처치: 1/10
—해결 보상: [세계의 힘 파편]

퀘스트 상태창에 반복 퀘스트가 하나 떠 있었다. 그리고 완료된 퀘스트 항목에는 이 퀘스트가 10개 주르륵 떠 있었고.

완료된 퀘스트들을 확인하니 인벤토리에 [세계의 힘 파편]이 10개 들어왔고, 내 구세주 레벨도 1레벨에서 3레벨로 확 올랐다.

"흠, 흠. 뭐 이런 걸 다."

나는 싱글싱글 웃었다. 술김에 한 짓이지만 꽤 결과가 좋다. 이것도 행운이 높은 탓인가? 아직 적당한 [월드 스킬]을 살 정도로 [세계의 힘 파편]이 많이 모이진 않았지만, 이 정도면 시작이 좋다고 할 만하지.

싱글싱글 웃으며 상태창의 [세계] 탭을 닫을 때쯤, 널브러져 있던 취객들 중 누군가가 끄으응 하는 소릴 내며 일어났다.

"헉! 로, 로드……."

가장 먼저 깨어난 건 역시 어제 제일 적게 마신 키르드였다. 생각해 보면 아무리 몸에 좋은 5성 약주라도 미성년자에게 먹이는 게 아니었는데. 약간 죄책감이 느껴졌다.

"저, [한계돌파] 했어요!!"

키르드의 말을 듣기 전까지는 그랬다는 소리다.

*　　　*　　　*

왜 이런 일이 일어났는지에 대해서는 대충 감이 잡혔다.

―테스카의 고유 특성, [즐거운 회식]의 효과를 얻습니다.

―[즐거운 회식] 특성으로 인해, 회식 자리에서 얻는 긍정적인 효과를 공유하게 됩니다.

회식이 즐거울 수가 있나? 아니, 거기 긍정적인 효과가 있었어?

시스템 메시지를 딱 봤을 때는 이런 생각이 먼저 들었지만, 이건 내 직장 생활 경력이 너무 짧아서 높으신 분이 되어 회식에 참여해 본 적이 없기에 가지게 된 생각이겠지. 아닐지도 모르지만, 그냥 그렇다고 치자.

뭐, 그래도 적어도 우리 술자리는 즐거운 게 맞았으므로 금방 잊어버렸다. 그때는 그랬다. 하지만 한계돌파 하고 레벨이 올랐다며 좋아하는 키르드를 보고 있노라니 다시 생각이 날 수밖에 없다.

아니, 회식으로 얻는 긍정적인 효과란 거에 내 [한계돌파]도 포함되어 있었어? 게다가 레벨 올랐다고 좋아하는 걸 보니 [미식의 대식가]도 적용된 것 같았다. 아니라면 밥 좀 먹었다고 레벨이 오르진 않을 테니.

그리고 키르드에게 이 특성들이 적용된 걸 보면 다른 애들에게도 적용이 됐겠지?

"야, 야. 일어나 봐."

나는 안젤라를 툭툭 쳐 깨웠다. 그러자 안젤라는 반대쪽으로 돌아누우며 이렇게 말했다.

"으, 으응… 조금만 더 잘래, 엄마……."

"엄마 아냐. 선배야."

"선배? …선배!"

안젤라는 벌떡 일어나더니 내 얼굴을 빤히 쳐다보았다. 그러다 홍조를 띤 얼굴로 고개를 팩 돌렸다.

"어, 어젠 죄송했습니닷!"

반응을 보아하니, 아무래도 안젤라도 필름이 끊긴 건 아닌 것 같았다. 어제 내게 한 그 추했던 술버릇을 다 기억하고 있으니 저런 반응이 나오겠지. 하지만 지금 중요한 건 그런 게 아니다.

"너 상태창 좀 열어봐."

"…공개로요?"

"아니, 그냥 확인해 보라고."

안젤라는 고개를 갸웃거리면서 눈을 깜박거렸다. 그리고 몇 초 후.

"헉."

하고 놀랐다.

…역시. 안젤라도 내 특성의 영향을 받은 모양이로군. 이로써 내 가설은 참으로 밝혀졌다고 봐도 무방하겠다.

처음에는 의도치 않은 효과에 놀라고 당황했지만, 지금은 다르다. 이걸 어떻게 써먹어야 하는지 대충 감이 잡히고 말았다.

"서, 선배! 저 한계돌파 했어요!"

이제야 정신을 차린 안젤라가 한 타이밍 늦게 외쳤다.

"알아."

"어떻게 알았어요?!"

안젤라는 놀라움과 경악과 기쁨, 그리고 의구심으로 뒤섞인 목소리로 외쳤다. 그 소릴 들은 키르드가 또 놀라 외쳤다.

"뭐? 안제 누나도?!"

"잉? …그럼 너도?!"

뒤늦게 상황을 파악한 안젤라와 키르드는 그냥 둘이서 떠들게 내버려 두자.

어쨌든.

[한계돌파]와 [미식의 대식가] 특성의 공유. 이 현상을 잘만 이용한다면 나는 굉장한 일을 벌일 수 있다. 그냥 다 같이 모여서 맛있는 걸 많이 먹기만 해도 한계를 초월해 성장하는 나만의 군세를 꾸릴 수 있을지도 모른다!

그런 생각에 신난 나는 테스카를 두들겨 깨웠다. 다른 이의 고유 특성을 캐묻는 건 무례한 일이지만, 일이 이렇게 된 이상 어쩔 수 없었다. [즐거운 회식]의 자세한 사양을 알아야 일을 진행할 수 있으니까.

그리고 확인해 본 결과, 나는 짜게 식었다.

"회식이란 건 당연히 술을 먹어야 하는 거 아닌가요?"

[즐거운 회식]의 효과는 술자리로 한정된다. 이 특성을 활용

하려면 비싸디 비싼 술을 계속 깔 필요가 있다는 소리다. 물론 좀 싼 술을 따로 구입하면 되겠지만, 생각했던 것보다는 가성비가 좀 떨어지고 마는 건 어쩔 수 없다.

제약은 이것뿐만이 아니었다. [즐거운 회식]의 적용 범위는 테이블 하나. 사람 수론 12명 정도가 한계라고 한다.

대강당에 1만 명 정도 모아놓고 [오병이어]로 음식을 돌리려던 내 야망이 물거품이 되고 말았다. 뭐, 이 정도만 해도 충분히 활용할 만한 가치가 있긴 하지만 워낙 처음에 꿈을 크게 꿔놓으니 낙차도 클 수밖에 없었다.

"엇, 이진혁 님! 저 [한계돌파] 했습니다만?!"

"응, 나도 알아."

그래서 깜짝 놀라 흥분하는 테스카에게는 미안하게도 심드렁한 반응을 되돌려 주고 말았다.

"테스카도?!"

"테스카, 이거 너 때문……! 아니지. 덕분이지?!"

도리어 키르드와 안젤라가 더 격렬한 반응을 보여주었다. 말하는 걸 들어보니 안젤라도 뭐가 어떻게 된 건지 알아챈 모양이었다. 뭐, 시스템 메시지 로그라도 확인했겠지. 금방 알 수 있는 일이다.

애들끼리 놀게 두고, 나는 해장용으로 콩나물국이라도 끓여야겠다.

숙취도 없고 별로 위장이 아프지도 않지만, 역시 술 먹은 다음 날엔 해장을 해야 한다는 한국인의 고정관념이 내겐 좋은 동기부여가 되었다.

어차피 요리사 레벨도 올려야 하고 말이다.

*　　　　*　　　　*

마라 파피야스의 분신은 마구니 두령에게 이진혁에 대해 물어본 지 하루도 지나지 않아, 이상한 보고를 듣고 만다.

"뭐? 놈이 [욕망의 독]을 썼다고?"

"그렇습니다. 한데……."

이어진 보고에 마라 파피야스의 분신은 눈썹을 꿈틀거렸다.

"뭐? [욕망의 독]에서 기어 나온 마구니들을 다 죽여 버렸다고?"

들은 걸 되새김질해야 할 정도로 믿기 힘든 이야기였다.

"야, 걔한테 준 게 111개체짜리 아니야?"

"맞습니다."

마구니 두령은 고개를 끄덕였다. 참 뻔뻔한 놈이다, 라고 마라 파피야스의 분신은 생각했다.

"그걸 다 죽였다고? …그게 가능해?"

평범한 인류종이 마구니의 유혹에 버틸 가능성은 1% 미만이다. [욕망의 독]으로 불러낼 수 있는 마구니는 사용한 인류종의 취향과 욕망에 완벽하게 부합하는 모습으로 나타난다는 게 결정적으로 작용한 수치였다.

그렇다 보니 보통은 한 번 만에 홀리는 게 가능하다.

아무리 이진혁이 특별한 개체라 한들, 세 번은 넘기지는 못할 것이다. 마라 파피야스의 분신은 그렇게 생각했었다. 그럼에도 111개체짜리를 준 건 일종의 허례허식이라 봐도 됐다. 로제펠트를 쓰러뜨릴 정도의 인재를 인정하고 예의를 보이는 취지에서의.

물론 이진혁이 완전히 홀리고 나면 사용 횟수가 남은 [욕망의 독]은 회수하면 그만이라는 계산도 깔아두었기에 그렇게 조치했던 거였는데…….

"가능한지, 불가능한지는 모르겠지만 결과만 놓고 보면 그렇게 됐습니다."

"그렇게 됐습니다, 하면 직장 생활 끝나냐?"

아무리 일을 잘해도 그렇지, 마구니 두령의 이번 대꾸는 좀 심했다 싶어 화를 냈더니 놈은 이런 되물음을 던져왔다.

"제가 잘리면 끝나겠죠?"

"됐어, 마. 너 안 자를 거야."

턱도 없는 소리였다. 잘리고 싶어 하는 놈을 잘라봤자 포상밖에 안 된다.

"그건 그렇고, 정말로 111회의 유혹을 다 견뎠단 말이야? 도대체 그놈 직업이 뭐야? 성인이나 성자, 뭐 그런 거냐?"

"악마 사냥꾼이라던데요."

마구니 두령이 인류연맹에 잠입시켜 둔 첩자들은 이진혁의 3차 전직이 알려지기 전에 끈 떨어진 연이 되어버렸기에, 마구니 두령의 정보는 조금 낡은 것이 되고 말았다.

"뭐? 악마 사냥꾼? 그놈들한테 의지 능력치 같은 건 없을 텐데. 오히려 스트레스 많이 받아서 마구니한테 취약한 직업 아냐? 우린 악마 아니잖아."

"의지를 따로 구해서 올린 게 아닐까요?"

마구니 두령의 가설은 영 믿음이 가지 않았지만, 마라 파피야스의 분신도 다른 가설을 생각해 내지 못했다.

설마 이진혁의 욕망이 레벨 업이었고, 쉽고 빠르고 간편한 레벨 업을 위해 딱 한 대에 죽어줄 마구니들만을 불러내 갈아 먹었으리라곤 상상조차 못 했다. 그게 제정신으로 할 짓은 아니었고, 사실은 술 먹고 할 짓도 아니었으니까.

*　　　*　　　*

마라 파피야스의 분신은 혀를 차며 말했다.

"그럼… 볼 거 없군. 자기 직업 주 능력치 등한시하고 별 쓸 데도 없는 의지 같은 거나 올린 놈은 필요 없어. 아까운 마구 니나 111개체나 낭비했군. 작업 리스트에서 지우고 넌 다시 인류연맹이나 작업해라."

사실 의지는 그렇게 쓸데없는 능력치는 아니었지만, 마구니들에게는 카운터나 다름없는 능력치이기에 그들은 일부러 허세를 부려 쓸모없다고 말하고 다닌다.

그리고 그게 아주 근거 없는 발언인 것만은 아니었다. 아무리 의지가 높은 대상이라 한들 여러 번 홀리기를 시도하면 확률적으로 한 번쯤은 걸려들게 마련이고, 마구니가 그 대상을 잡아먹기엔 그 한 번이면 족하니.

문제는 홀리기를 시도할 때마다 마구니 1개체를 소모해야 한다는, 이를테면 투자 대비 수익이 안 좋다는 점이었다.

그리고 마라 파피야스의 분신이 보기에 이진혁은 이미 111회의 매혹 시도를 흘려낸 대상이었다. 과투자를 피하려면 적당한 시점에서 손절해야 하는 것은 투자의 기본이었다. 설령 이미 과투자가 된 상태라고 하더라도 말이다. 이런 상황에서 본전 생각은 패망의 지름길이다.

그로서도 단호한 결정을 내려야 할 때였다.

그런데 마라 파피야스의 분신이 간과한 점이 있었다. 그건 바로 이진혁이 의지 능력치에는 아예 투자한 적이 없는 깨끗한 몸이라는 점이었다.

게다가 이진혁이 모든 능력치를 한계돌파 시킨 미친 괴물이라는 것도 알아챌 수 있을 리 없었다. 인류연맹에도 알려지지 않은 정보인데 끈 떨어진 첩자밖에 정보원이 없는 마구니 두령이 그런 걸 알 리 만무했다.

그래서 마구니 두령도 자기 상관의 그 지시가 합당하다 여겼다. 설령 그렇지 않더라도 조용히 고개 조아리고 이렇게 대답했겠지만 말이다.

"네, 분신님."

"마라 님이라고 불러!"

마라 파피야스의 분신은 소리를 빽 질렀고, 마구니 두령은 꽁무니 빠지게 내빼고 말았다. 마지막까지 마라 님이라고는 부르지 않은 채.

＊　　　＊　　　＊

해장용으로 끓인 콩나물국은 아주 소소한 경험치만을 주었다.

내가 직접 만든 요리의 평가가 수치로 정확하게 뜨는 셈이라 별로 기분이 좋지는 않았다. 같은 등급 요리라도 경험치가 적으면 맛없고 경험치가 많으면 맛있다는 소리니까.

그래도 조금씩이라도 나아지고 있어서 다행이지.

"맛있어요, 선배!"

"맛있어요, 로드!"

"맛있어요, 맛있어요!!"

애들의 빈말이 뼈에 스민다. 하지만 음식의 평가를 듣는 것도 요리사의 경험치를 얻는 데 도움이 되므로 묻지 않을 수는 없었다.

입가심이나 하라고 인류연맹 상점에서 산 아이스크림을 하나씩 입에 물려주고, 나는 호미를 들고 땅을 일구기 시작했다. 농부 직업 레벨 업을 위해서였다.

"그런데 선배, 여기 계속 있을 거면 차라리 집 지을까요?"

내가 그러고 있으려니, 안젤라가 내게 그런 제의를 해왔다. 정글에서 집 짓고 살았던 때의 추억이라도 떠올리고 있는 건지, 눈동자가 반짝반짝했다. 그렇다 보니 이런 대답을 하는 게 좀 꺼려지긴 하지만, 뭐 어쩔 수 없지.

"아냐, 짓지 마. 우리 또 움직일 거야."

내 대답에 안젤라는 약간 실망한 듯했지만 아직 포기는 안 한 듯 이어서 의견을 개진했다.

"하지만 농부 레벨 올린다고 했잖아요. 그럼 수확까지 해야 되지 않아요?"

"보통은 그렇지. 그런데 내가 보통이 아니잖아."

나는 적당히 갈아엎은 흙에 씨를 뿌리고 물을 콸콸 쏟았다. 그리고 마력을 생명 속성으로 바꿔 퍼부었다. 그러자 씨앗에서 떡잎이 나오고 줄기가 뻗어 쑥쑥 자라나더니, 이윽고 딸기하나가 열매 맺었다.

이것이 물리법칙을 무시하는 스킬과 마력의 무서움이다! 플레이어의 힘이다!!

"자, 먹어봐."

나는 그렇게 열린 딸기를 안젤라의 입에 넣어주었다. 오물
오물 딸기를 씹던 안젤라는 눈을 반짝이며 외쳤다.

"달고 맛있어요!!"

"그렇겠지. 비싼 품종이거든."

비싼 만큼 경험치도 많이 준다. 당연히 전투 경험치가 아니
라 농부 경험치지만.

달고 맛있다는 소리에 키르드와 케이, 테스카까지 와서 줄
을 섰다. 나는 그들에게도 딸기를 하나씩 입에 넣어주었다. 그
리고 나머지 딸기를 수확해 인벤토리에 넣은 후 손을 탁탁 털
었다. 이걸로 오늘 딸기 농사는 끝이다.

"그럼 이제 심마니 일을 해볼까?"

"그거 어제도 하셨잖아요. 그런데 그거 사기 아니에요?"

안젤라가 그런 소릴 했다. 그녀는 어제 심심하다며 날 따라
와서 내가 한 걸 봤으니 할 수 있는 소리였다.

솔직히 난 뜨끔했다. 아직 덜 자란 약초를 찾으면 생명 속
성 마력을 퍼부어 키워서 뽑고, 없으면 씨앗을 뿌린 후에 키
워서 뽑고 그랬으니.

전자는 그렇다 치지만 후자는 확실히 사기였다. 이거 농업
아냐? 하지만 오르는 건 심마니 경험치였다. 시스템이 그렇다
는데 내가 어쩌겠는가?

"…본업이 아니니까 괜찮아."

내가 생각해도 별로 좋은 변명이라곤 할 수 없었다.

*   *   *

3개월이 지났다.

3개월 동안 별일은 없었다. 그렇다고 씨 뿌리고 밭 갈고 약초 캐고 요리하는 안온한 삶만을 보낸 건 아니다. 세계 퀘스트를 수행하면서, 살아남은 토착 인류 종족을 구원하고 필드 보스를 처치하며 이곳저곳을 돌아다녔다.

새삼 깨달은 거지만 [지배의 권능]에 걸려 있던 필드 보스의 비율은 그리 많지 않은 걸로 보였다.

꽤 여러 곳을 돌아다니며 그럭저럭 많은 수의 필드 보스와 조우했음에도, 케찰코아틀과 테스카틀리포카, 그리고 로제펠트에게 당했던 거대 사자 아르슬란을 제외하면 모두 그냥 거대 몬스터에 불과했으니.

그래서 그런지, 아니면 다른 이유가 있는 건지. 이렇게 열심히 '가나안 계획'을 저지하고 있음에도 불구하고 교단에서는 별다른 움직임을 보이지 않았다. 인퀴지터조차 보이지 않았으니 말이다. 이젠 이놈들이 이 세계를 진짜 관리하고는 있는 건지 의구심이 들 정도였다.

안전한 건 다행이지만 내겐 불만스러운 상황이기도 했다. 교단의 끄나풀을 처치함으로써 인류연맹으로부터 받을 수 있는 전공 보상도 아쉽지만, 고급 스킬과 전투 경험치, 무엇보다 강적과의 싸움에 목마른 내겐 이 안온함은 갑갑함마저 느끼게 만들고 있었다.

더욱이 내 전투력이 너무 올라 이젠 어지간한 필드 보스 상대로는 전투 경험치조차 얻을 수 없게 되었으니, 성장 곡선도 같이 완만해질 수밖에 없었다.

그나마 요리사 레벨을 올려서 5성까진 아니지만 3성 요리 정도는 만들어낼 수 있게 된 게 다행이었다. 전공을 올리지 못해 5성 식사권을 수급할 수 없게 된 이상 가끔 완성되는 3성 요리가 내 주요 경험치 수급처가 되고 말았다.

아, 그래도 신성은 꽤 올릴 수 있었다. 세계 퀘스트를 수행하면서 구한 인류 종족들을 규합시키고 나를 믿게 해 신앙 점수 수급을 더 크게 올릴 수 있었기에 가능한 일이었다. 더불어 구세주 레벨도 5가 되었고, [세계의 힘 파편]도 꽤 모였다.

안온한 세월이었지만 거머쥔 게 없는 건 아닌 셈이다.

그렇게 3개월하고도 며칠이 더 지난 날 아침. 몸을 일으킨 나는 직감적으로 오늘은 뭔가가 다르리란 걸 느꼈다.

이미 여러 번 경험해 왔듯, 내 직감은 별로 틀리지 않는다.

"오늘의 나는 행복했으면 좋겠군."

혼잣말을 하며, 나는 하늘을 올려다보았다.

*　　　　*　　　　*

교단. 유일 교단이라고도 불리는 집단의 모처.

칼로 반듯하게 자른 것 같은 정육면체의 하얀 건물. 그 건물 안에 일백 명의 플레이어 출신 전사들이 모여 있었다. 그리고 그들을 집결시킨, 그들의 지휘관에 해당하는 자가 단상에 서서 소리를 높였다.

"제군들! 우리가 누군가!!"

"크루세이더!!"

우렁찬 대답이 돌아왔다.

"그렇다! 우리는 크루세이더! 성전을 마다하지 않는 전사!! 교단을 수호하고, 교단을 위협하는 이교도를 처단하는 십자군이다!! 그런데 여기에 교단을 위협하는 자가 나타났다!!"

하얀 벽면에 영상이 떠올랐다. 그 영상에 비친 존재는 단 하나.

이진혁이었다.

스크린에는 그가 악마 뤼펠과 싸우던 때의 모습이 비치고 있었다. 그 상대가 악마임은 교묘하게 가려져 보이지 않았으나, 그가 마기를 두른 칼을 휘둘러 누군지 모를 적을 베어내는 모습은 강조되어 찍혀 있었다.

잠시간의 웅성거림. 지휘관인 자는 전사들이 그러도록 잠시 내버려 두었다가, 웅성거림이 잦아들자 곧 소리를 높였다.

"저 강대한 적은 선전포고도 하지 않은 것은 물론이고, 다른 그 어떤 외교적 절차도 밟지 않고 우리 교단의 영역인 그랑란트를 침략해 자기 영역으로 삼으려고 하고 있다! 이런 잔악한 행위를 우리 크루세이더가 그냥 놔둬야 하는가!!"

"Nein! Nein! Nein!!"

"그렇다면 우리는 어떻게 해야 하는가!!"

"Crusade!!"

"그렇다! 성전이다!! 크루세이더 제12군단 군단장 야코프 체렌코프는 그 고유의 권한으로 성전의 발동을 선언한다!!"

함성 소리가 하얀 건물 안을 진동시켰다.

1 대 101의 전쟁이 시작되는 소리였다.

*　　　　*　　　　*

"아쉬워."

낡은 오두막의 건물 안에서, 남자는 김빠진 맥주를 홀짝거리며 아쉬워하고 있었다.

"그놈, 이름이 뭐랬지?"

"이진혁입니다."

"그래, 이진혁. 그놈이 악마화까지 써줬으면 더 괜찮은 그림이 나왔을 텐데. 우리의 영역에 악마가 나타났다는 것보다 강렬한 선동 문구는 없으니 말이지."

일반 플레이어가 악마를 상대하는 방법은 한정되어 있다. 처음부터 선택지는 제한되어 있고, 보통은 살아남기 위해 악마 사냥꾼을 택하게 마련이다. 그것이 가능하다면 말이다.

불가능하다면? 죽었을 것이다.

그리고 그 악마 사냥꾼 직업의 일반적으로 알려진 스킬들 중 가장 강력한 스킬이 바로 [악마화]였다.

보통은 배운 것을 그냥 쓰게 마련이다. 그 상대가 전력을 다하지 않으면 이길 수 없는 강력한 악마 군주라면 더욱 그러하다. 설령 타락 위험을 무릅써야 한다더라도, 당장의 생존과 승리를 위해서라면 최강의 스킬을 아낄 이유가 없다.

그런데 이진혁은 악마 사냥꾼으로 전직하긴 했지만 악마화를 쓰지 않았다. 악마화를 쓰지 않고도 승리를 거둘 수 있을 정도로 급격한 파워 업에 성공했기 때문이었다.

남자는 그 점을 못내 아쉬워했다.

"그랬다면 고작 1개 군단으로 놈을 덮칠 일은 없었을 거야. 여기까지 작업하는 데 3개월이나 걸리지도 않았을 거고."

고작 100명으로 군단을 칭하는 건 우습게 여겨지나, 그것이 교단의 크루세이더더라면 웃던 이들은 모두 입을 다물고 표정을 굳힐 것이다. 적어도 크루세이더에 대해서 알고 있는 이들이라면 말이다.

말 그대로 일당백의 전사들. 한 명, 한 명이 모두 대대급의 전력을 보유한 이들이 바로 크루세이더였으니.

더욱이 군단장인 야코프 체렌코프는 어떠한가. 그 또한 크루세이더의 군단장이 되기 전에는 1인 군단이라는 칭호로 불린 적이 있을 정도의 걸물이었다.

즉, 실제론 2개 군단 정도의 전력이라고 할 수 있는 대병력이었다.

그러나 남자는 그런 크루세이더 제12군단을 보고 '고작'이라 칭하며, 그마저도 모자라다고 하고 있었다.

'대체 무슨 생각이지?'

남자가 이진혁을 정말로 처치하려면 다른 방법도 있었다. 물론 그 방법은 불법적이고 음성적인 것이겠지만 신속하고 정확한 방법이었다.

그러나 남자는 그 방법을 동원하지 않았다. 제대로 된 수단을 동원해 교단 최고 회의의 인준을 받아 정규 크루세이더 군단을 파견하는 방법을 택했다.

물론 그것이 정공법이고 옳은 방법이다. 그럼에도 불구하고 여자가 남자의 선택에 의구심을 느끼는 것은 이 남자가 어떤 인물인지 알고 있기 때문이었다.

잔혹하고 냉엄한, 수단과 방법을 가리지 않는 철혈의 소유자. 그것이 이 남자에게 어울리는 칭호였다.

그런 이 남자가 정공법이라니?

분명 어떤 의도가 있을 것이다. 남자는 이런 적법한 방식의 일 처리를 혐오한다. 효율적이지 않다고 말이다. 다른 의도가 있지 않는 한 이런 방법을 택할 남자는 아니었다.

'하지만 그게 뭐지?'

그렇다고 남자에게 물어볼 수는 없다. 그런 짓을 했다간 죽을지도 모르니까. 여자는 그저 부동자세로 입술을 꾹 다문 채 서 있을 뿐이었다.

여자가 그러든 말든, 남자는 맥주 캔을 내려놓으며 다시 한번 한숨을 내쉬었다.

"너무 아쉽구나."

여자는 볼 수 없는 각도에 위치한 그의 입술은 길쭉한 호선을 그리고 있었다.

Chapter 8

　아무런 전조도 없이 갑자기 일어난 일이라고 하기엔 내 양심이 허락하지 않았다. 나와 우리 일행은 지금까지 교단의 가나안 계획을 적극적으로 방해해 왔으니까.

　보이는 족족 교단 측에서 배치한 필드 보스를 처치하고 토착 인류 종족을 생존으로 이끌었으니, 교단의 성질을 건드릴 만큼 건드린 셈이다.

　게다가 이제껏 처치한 교단의 끄나풀이 끄나풀이다. 인퀴지터, 인스펙터, 쥬디케이터. 외주인 로제펠트까지 더한다면 어포슬까지. 나를 상대로 어중간한 소수 전력을 보내봐야 아무 소용도 없음을 교단 측도 학습할 때가 되었다.

말하자면 이건 언젠가 일어날 일이었다. 필연적인 결과라고도 할 수 있었다.

교단의 군세가 나를 노리고 습격해 온다고 하는 이 상황이 바로 그러했다.

"어쩨 느낌이 안 좋더라니."

그날은 오전부터 동쪽 하늘이 찬란하게 빛났다. 저것이 단순한 태양빛이 아님은 처음부터 알고 있었다. 그저 '드디어 놈들이 찾아왔군……' 이러면서 지나치게 긍정적으로 상황을 해석했었다.

그런데 그 숫자가 세 자릿수에 달할 줄이야. 여기까진 예상하지 못했다.

게다가 저들은 그저 숫자만 채운 허수아비 집단이 아니었다. 한 명, 한 명이 모두 위협적인 역전의 용사들이었다. 제대로 정면에서 꽝 맞부딪히면 일방적으로 깨져 나가는 건 틀림없이 우리 쪽이 될 터였다.

그럼에도 불구하고, 악마가 마계를 열었을 때에 비하면 암담함은 덜했다.

저들 하나하나의 전력은 내게 못 미친다. 물론 저들 중 하나둘 정도는 나보다 강할 수 있다. 그러나 정면 승부를 피하고 게릴라전으로 조금씩 잘라먹으면서 소모전을 강요하고, 저들의 목숨을 내 성장의 밑거름으로 쓴다면 내게도 승산은 있을 터.

대전략은 그 자리에서 세워졌다.

"안젤라, 도망가자."

우리가 가장 먼저 해야 할 일은 당연하게도 모습을 숨기는 거였다.

게릴라전의 기본이다.

＊　　　＊　　　＊

유일교단 크루세이더 12군단의 군단장 야코프 체렌코프가 이 세계, 그랑란트에 도착해 가장 먼저 한 일은 진지 구축이었다. 그 작업에는 많은 인력이 소요되지도, 시간이 오래 걸리지도 않았다.

[진지 구축]
―등급: 군단(Corps)
―숙련도: A랭크
―효과: 군단이 머물 수 있는 진지를 구축한다.

지휘 스킬 하나면 되는 일이었으니까. 지휘부와 막사, 경계 초소, 참호, 그리고 식당과 화장실에 샤워실까지 완비된 진지를 단 한순간에 구축해 버린 야코프 체렌코프는 곧장 중대 단위로 임무를 부여했다.

수색 정찰과 경계, 그리고 대기 임무를 각각 부여받은 각 사단장들은 곧장 임무에 투입되었다. 물론 그래 봐야 고작 100명에 불과한 크루세이더 1개 군단이라, 각 사단은 각기 20명에서 30명 정도로 이뤄져 있을 뿐이었지만 그 머릿수의 한계도 금방 극복이 되었다.

경계 임무에는 그림자 용병이, 수색 정찰 임무에는 비행 능력을 갖춘 소환물들이 임했고 크루세이더 본신들은 대부분 대기 임무에 임했기 때문이다.

잡다한 작업과 중요도가 떨어지는 임무는 스킬로 해결해 전력 누수를 막고, 각자 최고의 컨디션을 유지시킨 채 대기하는 것이 크루세이더식 임무 수행의 기본이었다.

"정찰 임무에 내보낸 소환물이 놈을 발견하면 교전을 피하고 즉각 후퇴시켜라."

소환물의 파괴로 적이 경험치를 얻어 성장하는 것을 막기 위한 조치도 기본 중의 기본이다. 그러나 야코프 체렌코프는 사단장들이 어련히 알아서 할 거라고 믿지 않고 재차 명령했다.

"경계병들의 체력 관리에는 신경을 써라. 80% 미만이 되면 소환을 갱신해라."

"대기 인원과 휴식 인원의 로테이션 관리를 철저히 하라."

"끼니를 거르는 병사가 없도록 신경을 기울여라. 수면도 마찬가지다. 휴식 인원에게는 되도록 간섭하지 말고 푹 재우

도록."

그런 식으로 잡다한 지시 사항을 모두 구두 전파하고 나서야, 야코프는 한숨 돌리고 자신이 자리에 앉았다.

"금방 끝날 임무입니다. 군단장님, 왜 그렇게 긴장하고 계십니까?"

부관이 야코프를 위해 커피를 타다 주며, 부드러운 음성으로 물었다. 야코프는 사기로 된 잔을 받아 들며 짧은 한숨을 섞어 대답했다.

"아무래도 느낌이 좋지 않아서 말일세."

야코프의 대답에, 부관의 표정은 살짝 굳었다.

"…군단장님의 감은 잘 맞아떨어지는 편이지요."

부관의 말대로 야코프의 직감 능력치는 상당히 높은 편이었다. 무시할 수 있는 발언이 아니었다.

"아니, 별일 아니겠지. 내가 쓸데없는 소릴 했군. 너무 신경 쓰지 말게."

한 차례 고개를 저은 후, 야코프는 커피를 마셨다.

"좋은 커피군."

야전에서 마시기엔 지나치게 좋은 커피였으나, 이 또한 인벤토리의 힘이다. 보급조차도 각 병사의 인벤토리로 해결하는 마당이다. 이 정도 사치는 허용 범위 안에 속해 있었다.

"이제야 기분이 좀 나아지는군. 고맙네, 부관."

"별말씀을요."

다 마셔 비운 커피 잔을 다시 인벤토리 안에 갈무리하며, 부관은 부드럽게 미소 지었다.

"놈이 빨리 발견된다면 좋겠군. 이런 변경, 오래 머물 곳은 아니야."

"그렇게 될 것입니다."

그렇게 될 터였다. 12군단의 색적 능력은 크루세이더 여타 군단들 중에서도 매우 빼어난 축에 속했으니까. 어중간한 투명화나 은신 능력으로 정찰 소환물들의 눈을 벗어나기란 불가능에 가까웠다.

군단장도 부관도, 정찰에 오랜 시간을 잡아먹으리라고는 처음부터 생각하지 않았다. 직감의 반응은 적이 생각보다 강적이거나 한 거겠지, 라는 식으로 받아들이고 있었다.

적어도 그랑란트에서의 첫 일주일 동안은 그렇게 생각할 수 있었다.

＊　　　　＊　　　　＊

나를 비롯한 우리 일행 모두가 안젤라의 고유 특성인 [인지의 지평선] 안에서 생활한 지도 어느새 일주일이라는 세월이 흘렀다.

물론 요 일주일간 그냥 숨어만 지내며 세월을 낭비한 건 아니었다.

내 시선 너머에는 교단측 플레이어들이 만들어둔 진지가 있었다. 혹시나 빈틈이 보이면 바로 쳐들어가려고 주시 중이었는데…….

"빈틈이 잘 안 보이는걸."

아무리 그래도 그렇지, 101명의 교단측 플레이어가 계속 한데 뭉쳐 있을 줄은 상상도 못 했다. 정찰도 경계도 소환물로 해결해 버리고, 첫날 구축한 진지 안에서 한 걸음도 안 나오는 게 아닌가?

게다가 군기가 얼마나 엄정한지, 쉬는 놈들하고 긴장하고 있는 놈들이 칼같이 교대를 하며 컨디션을 유지하고 있었다.

설령 진지 안에서라도 한 놈이라도 따로 다니는 놈이 있으면 납치해서 정보라도 끌어내어 볼 텐데, 어딜 움직여도 4인 1조로 다니고 있었다. 화장실을 갈 때마저 전우조를 꾸려 움직이고 있으니, 저것들은 숫제 군대였다.

"거참, 골치 아프군."

보글거리는 소리와 함께 국물이 끓어올랐다. 나는 불을 줄이고 손으로 거품을 떠냈다. 다른 솥에는 면이 익고 있었다.

오늘의 메뉴는 우육탕면이었다.

"크루세이더 군단을 보고 그냥 골치만 아픈 건 선배뿐일 거예요."

안젤라가 입을 열었다.

"그리고 군단을 앞에 두고 요리하는 것도 선배뿐일 테고요."

"응? 응……. 그래도 밥은 먹고 살아야지."

"그건 그렇죠. 맛있겠네요."

그래도 요리사 레벨이 올라서 좋은 건, 애들의 요리 감상이 점점 더 진실되어 간다는 점이었다. 나도 괴롭고 애들도 괴로웠던, 거짓말로 점철된 일상은 이젠 기억도 잘 안 난다.

"안제, 이제 안제 차례야."

"알았어, 테이. 기다려."

테스카의 보채는 소리에 안젤라는 다시 자리로 돌아가 앉았다. 애들은 인생게임 중이었다. 질리지도 않나.

아, 테이란 건 테스카의 애칭이었다. 케이랑 세트라나. 케이도 테이도 싫어했지만 안젤라가 밀어붙인 끝에 결국 정착되고 말았다.

나는 면을 건져냈다. 좋아, 잘 익었군. 찬물에 바로 입수시키고, 잘 비벼 끈기를 씻어낸다. 고명으로 얹을 파와 당근, 호박, 오이를 썰어놓고…….

"이게 아니야! 언제까지고 이럴 순 없는데!!"

나는 비명을 질렀다.

모든 것에는 끝이 존재하고, 그것은 [인지의 지평선] 지속 시간도 마찬가지였다. 그리고 그날이 오면 우리에게 찾아올 건 파멸이었다.

정면으로 맞붙어서 이길 수 있는 상대가 아니란 건 첫날부터 알고 있었다. 그래서 틈을 찾고 있었던 건데…….

"로드, 수저 놓을게요."

내 발작에도 이젠 익숙해진 듯, 키르드가 다가와 아무렇지도 않게 테이블과 수저를 세팅하기 시작했다.

그래, 밥은 먹어야지.

잘 데운 그릇에 면을 올리고 국물을 붓는다. 그리고 고명을 얹어 완성. 이진혁표 우육탕면이다.

"잘 먹겠습니다!"

오늘 요리의 완성도는 별 세 개였다. 경험치가 좀 나올 것이다.

*   *   *

한편, 야코프 체렌코프는 동요를 감추지 못하고 있었다.

정찰용 소환물들이 가져온 정보가 심상치 않았기 때문이기도 했지만, 더 큰 문제가 발생했다. 교단 지휘부와의 연락이 끊긴 것이 바로 그것이었다.

"하, 하하하… 교단에 충성을 바친 대가가 이건가."

야코프 체렌코프는 허탈하게 웃었다. 그의 부관 또한 침통한 표정을 숨기지 못했다.

가나안 계획.

카자크라는 반란 분자에 의해 거론된 그 비밀 문건은 자세한 사항은 모두 기밀에 붙여졌고 교단 정보국에 의해 섬세하게 조작되어 수없이 널린 음모론 중 하나로 전락했지만, 야코프 체렌코프의 군단이 정찰한 결과는 그것이 단순한 음모론이 아니었다는 걸 증명해 내고 말았다.

부자연스럽게 개체수가 조절된 동식물들, 이상하리만치 수가 적은 토착 인류 세력.

교단이 교단의 이익을 위해 한 세계의 생태계를 마음대로 조절하고 의도적으로 발생시킨 기근으로 인해 토착 인류의 대량 아사를 유도했다는 가나안 계획의 부정할 수 없는 증거가 넘치도록 발견되고 말았으니.

적어도 이 모든 정보를 보고받은 야코프 체렌코프는 더 이상 가나안 계획이 교단의 이름을 더럽히려는 음모론이라고 치부할 수 없게 되었다.

"이 세계, 그랑란트가 바로 '신 가나안'이었군……."

가나안 계획을 음모론으로 조작해 낸 교단 내부의 세력이 12군단의 앞에 이런 명백한, 부정할 수 없는 증거들을 숨기지 않고 드러내 놓은 이유에 대해서도 야코프는 어렵지 않게 추론해 낼 수 있었다.

"놈은 우리의 죽음을 바라고 있어."

야코프는 뒤늦게 어떤 인물의 얼굴을 떠올렸다. 그 말을 들은 부관의 얼굴에 핏기가 가셨다.

"노, 놈이라면……."

"일방적인 추론에 불과하지. 어쩌면 한낱 음모론에 불과할지도 몰라. 하지만 나는 이것과 똑같은 케이스의 사변을 기억하고 있어."

과거, 만신전과 교단이 전쟁을 하고 있을 때의 일이었다.

지금과 비슷하게, 그 때도 크루세이더 한 개 군단이 작전에 투입되었다. 그리고 통신이 끊긴 채로 처참한 패배를 맞이했다. 완전한 전멸. 그것이 결과였다.

얄궂게도 당시는 만신전과 교단의 종전 협상이 오가고 있었던 때였다. 만신전은 교단을 더 이상 무시하지 않고 대등한 세력으로 대할 태도가 되어 있었고, 전쟁 피로가 길어졌던 교단에선 비둘기파가 득세하고 있었으므로 그 사건이 없었더라면 무난하게 종전을 이룰 수 있었으리라.

그러나 그때, 놈이 나섰다.

"만신전은 우릴 벌레처럼 보고 있음에 틀림없습니다! 그렇지 않다면 종전 협상이 오가고 있는 이때에 저토록 처참히 아군을 유린했을 리 없습니다!! 항복을 요구했겠죠, 포로로라도 잡았을 겁니다! 그러나 저들은 아군을 모두 죽였습니다!! 이게 가리키는 바가 뭐겠습니까!!"

*   *   *

야코프는 놈의 눈물을 기억하고 있다. 죽은 이들의 넋을 달래고, 복수를 이루자고 부르짖던 놈의 피맺힌 외침도 기억하고 있다. 그 눈물, 그 외침은 역할을 다해 교단의 여론은 일제히 이성을 잃었다.

냉정하게 다시 생각해 보면 당시 전황으로 볼 때 군단의 투입 자체가 무모했고, 전멸에 이르기까지의 과정도 부자연스럽기 짝이 없었다. 군단 전멸 직전까지 통신 기록이 0회라니, 아무리 전투가 치열했다고 해도 이상한 일이지 않는가?

그러나 만신전과의 전쟁을 멈추자는 비둘기파의 목소리는 잦아들고 매파가 교단의 여론을 삽시간에 장악해 버렸기에 이견을 제기하는 자는 소수에 불과했고, 이윽고 전쟁 중에 여론을 분열시키려는 만신전 측의 음모론으로까지 몰렸다.

이어진 전쟁으로 인해 많은 피가 흘렀고, 많은 희생이 따랐다. 죽지 않아도 될 사람이 죽었고, 소멸하지 않아도 되는 신이 소멸해 버렸다. 오로지 감정으로만 이뤄진 전쟁이었으며, 양 세력은 끝없는 소모전을 치러야 했다. 교단이 얻은 것은 복수를 했다는 성취감 정도였다.

만신전과의 상호 불가침 조약을 맺고 휴전한다는 찝찝한 결말을 맺은 그 전쟁에 대해 후대는 이렇게 평가한다.

잊어버린 전쟁.

교단에게 큰 이득이 되지도 않았거니와 별로 명예롭지도 않았던 그 전쟁은 체계적인 정보 조작에 의해 교단 대중의 기억에서 잊혀 버렸다.

　그러나 그 전쟁으로 모두가 아무것도 못 얻은 것은 아니었다. 전쟁을 지속함으로써 많은 것을 얻을 수 있는 세력이 존재했으며, 그 세력은 교단의 부와 권력과 힘을 빨아먹고 지금의 기득권 세력이 되었다.

　그리고 그 기득권 세력의 중심에 놈이 있었다. 복수를 부르짖으며 전쟁을 외친 그놈이.

　놈은 슬그머니 교단의 요직에서 물러났지만, 교단의 정객들 중에 그가 실각했다고 믿는 이는 아무도 없었다.

　교단 실세의 막후에는 지금도 놈이 있다.

　"그놈, 브뤼스만 라이언폴드 말일세."

　야코프의 입에서 그 이름을 들은 부관의 표정이 굳었다. 마치 밀랍 인형처럼. 이제까지의 당혹과 공포에 젖은 눈동자는 사라졌고, 그 대신 차가운 분노가 자리 잡았다.

　"감히, 감히, 가암히이."

　고장 난 라디오처럼 부관의 입에서 인간의 목소리 같지 않은 기계적인 음성이 흘러나왔다.

　"그분의 이름을, 그분을! 놈이라고 부르다니!!"

　스르렁.

　야코프는 눈앞에서 일어나고 있는 일을 믿을 수 없었다. 충성스러운 자신의 부관이 살의를 피워 올리며 날카로운 칼끝을 자신에게 들이대는 이 상황이 뭔지, 그는 도저히 이해할 수가 없었다.

"죽어 마땅한 죄! 목숨으로 갚아라!!"

단순히 전투력으로만 비교하자면 부관이 감히 야코프 체렌코프를 상대로 털끝 하나도 다치게 할 수 없었다. 야코프 체렌코프는 전형적인 무관으로, 몸을 단련하는 데 게으름을 부리지 않았다. 그러나 지금 야코프는 충격으로 인해 제대로 된 판단을 할 수 없는 상태였다.

"내 직감이 가리키는 바가, 눈앞의 적이 위협적임이 아니라 내부의 적에 대한 경계를 하라는 것이었을 줄 누가 알았겠는가!"

야코프 체렌코프는 피를 토하듯 울부짖었다.

"아니, 눈앞의 적이 위협적이라고 판단해 주면 좋겠는데."

스각.

칼날이 한 번 번뜩이고, 목이 날았다. 날아간 목은 야코프의 것이 아니라 부관의 것이었다. 그리고 칼을 휘두른 것은 바로……

"이진혁!"

야코프 체렌코프가 군단을 이끌어 토벌하려 했던 자. 이제까지 그가 찾아다니던 남자. 그 남자가 싱그럽게 웃으며 자신의 부름에 이렇게 대꾸하는 게 아닌가?

"내 이름을 알고 있나? 그렇다면 자기소개 할 시간을 아낄 수 있겠군."

야코프는 어이가 없어 이진혁을 노려보았다.

"…이곳에 숨어들어 와 있었나?"

"그래, 등잔 밑이 어둡다는 건 이럴 때 하는 말이지."

"경계병들은 대체 뭘 한 거야!"

"그들은 임무에 충실했어. 그건 내가 보증하지."

그런 뻔뻔한 소릴 지껄이며, 이진혁은 방금 전 부관의 목을 날렸던 칼을 인벤토리에 집어넣어 버렸다.

"이야기를 하지."

그것은 의외의 발언이었다. 그렇기에 야코프의 대응은 조금 늦어졌다.

"…우리가 대화나 할 사이던가?"

"나도 그렇게 생각했었어. 하지만 교단의 모두가 가나안 계획을 지지하고 있지 않다는 걸 바로 몇 초 전에 알게 되었거든."

가나안 계획. 그 두 단어는 야코프가 자세를 고쳐 앉게 만들기에 충분했다.

"너도 가나안 계획에 대해 알고 있나?"

야코프의 목소리에 진중함이 담겼다.

*   *   *

이 크루세이더 군단에 하도 파고들 틈이 보이지 않아 억지로라도 빈틈을 만들어보기 위해 아예 지휘부에 잠입해 본다는 대범한 계획을 세운 건 내가 아니라 안젤라였다.

교단의 인스펙터였던 시절에 이런 일을 자주 해봤다나. 그리고 성공률은 아주 높았다고 한다. 100%가 아니었던 건 좀 마음에 걸렸지만, 그래도 다른 방법이 없었기에 나는 안젤라의 계획을 받아들이고 실천했다.

그런데 이 대범한 계획이 의외의 성과를 낳은 셈이 되었다.

사실 우리가 이 지휘부에 잠입한 건 이틀 전이다.

요 이틀간 우리는 야코프 체렌코프나 그 부관과 침식을 같이 했다. 그런데 세상에, 잘 때까지 빈틈이 안 보일 줄은 몰랐다. 이 군단장이란 자는 갑옷을 입고 칼을 차고 잠을 자는 어이없는 짓거리를 벌였다. 어지간하면 인벤토리에 넣고 잘 텐데 말이다.

게다가 부관이 잘 때는 군단장이 깨어 있었고, 군단장이 잘 때는 부관이 깨어 있었다. 그런 식으로 하루에 30분씩밖에 잠을 자지 않았다.

잠을 잘 때도 이런데 다른 때는 오죽하겠는가? 그야말로 바늘 하나 들어갈 틈이 없었다.

그런데 바로 몇 분 전에 야코프 체렌코프가 가나안 계획과 그 배후에 대한 걸 부관에게 털어놓더니, 그걸 듣곤 부관이 갑자기 발작해서 그를 습격하는 게 아닌가?

이런 절호의 기회를 맞이해 내 두뇌는 어떻게 대응해야 할지 망설였으나, 그보다 직감이 먼저 판단을 내렸고 나는 늦지 않게 상황에 끼어들 수 있었다.

부관을 치고, 야코프에게 대화를 청한다!

이 짧은 순간에 머리로 생각하기엔 지나치게 대범한 판단이었으나, 태도를 바꾼 야코프를 보니 이 판단이 맞다 싶었다. 나는 내심 안도의 한숨을 내쉴 뻔했지만 속내를 들키지 않기 위해 비릿한 웃음을 띠어 보였다.

"가나안 계획에 대해선 우연히 알게 됐지. 그리고 그걸 알게 된 이후부턴 그 계획을 막기 위해서 움직이고 있어. 그리고 당신 입에서 나온 그… 브뤼스만? 그자가 보기에 나는 꽤나 까다로운 훼방꾼인 모양이더군."

허세다.

브뤼스만이란 이름은 방금 전에 처음 들은 이름이고, 교단의 배후에 그런 자가 있다는 것도 오늘 처음 알았다.

그러나 방금 내 발언은 틀림없이 효과적이었다. 야코프는 긴 한숨을 내쉬며 이렇게 대꾸했다.

"그런 모양이더군. 자네를 치기 위해 군단 하나를 희생시키려고 하는 걸 보니 말일세."

나는 내가 맥을 제대로 짚었음을 깨달았다. 더불어 브뤼스만이라는 자가 어떤 자인지에 대해서도 조금 감이 잡혔다. 크루세이더 군단장이 이런 식으로 나올 자라면, 분명 피도 눈물도 없는 냉혈한이겠지.

"그래서 어쩔 생각이신지? 순순히 군단을 희생시킬 생각이신가?"

내 이어진 질문에, 야코프의 표정에 다시 날카로움이 돌아왔다.

"내가 여기서 자네를 잡으면 그럴 일도 없겠지."

"그게 과연 그렇게 될까?"

야코프는 나를 노려보았다. 그러나 그 시선에서 힘이 빠지는 것도 금방이었다.

"브뤼스만은 보급을 끊고 굶겨 죽여서라도 우리 군단을 소멸시켜야 성이 풀릴 거야. 우린 이미 가나안 계획에 대해 알아버렸으니, 그 인면독사가 우릴 살려둘 리 만무해."

브뤼스만의 별명은 인면독사인가. 사람 얼굴을 한 독사라니, 꽤나 인상적인 별명이다.

"잘 아는군. 그럼 같은 질문을 두 번 반복하도록 하지."

"그럴 필요 없네."

야코프는 손을 내저었다.

"자네와는 휴전을 청하도록 하지. 우리는 교단으로 돌아갈 방법을 찾아야겠어. 그리고 브뤼스만의 음모를 밝혀내고 그의 세력을 탄핵해 낼 것이야."

꽤나 희망적인 선언이었지만, 그의 목소리에는 힘이 없었다. 그 본인도 별로 가망이 없을 거라 생각하는 것 같았다.

"그건 쉽지 않을 거야."

그래서 나는 말했다. 그러자 야코프는 농담처럼 받았다.

"휴전 말인가?"

"아니, 이 변경에서 빠져나가는 것."

규모가 좀 작긴 하지만 그래도 세력을 이루고 있는 인류 연맹마저도 이 변경까지 포탈을 구축하는 데 어려움을 겪고 있다. 그런데 끈 떨어진 연인 이들 크루세이더 일개 군단이 쉽게 이 세계에서 탈출할 수 있을까? 결코 그렇지 않을 것이다.

"그리고 브뤼스만이란 자가 단순히 보급만 끊으려 들 리 없지. 분명 뭔가 손을 써올 거야."

고작 나 하나와 크루세이더 군단을 공멸시키겠다는 구멍 숭숭 뚫린 계획을 세울 상대가 아니다. 그 파벌이 다른 수를 써올 거란 건 그야말로 불을 보듯 빤한 이야기였다.

내 말을 들은 야코프는 표정을 굳혔다. 내 말을 듣고 깨달은 게 아니다. 아픈 곳을 찔린 것 같은 반응이다. 하긴, 이 정도도 예상 못 해서야 군단장을 하고 있을 수 없지.

"그럼 우리가 취할 수 있는 다른 방법이라도 있단 말인가?"

"하나 있지."

나는 곧장 고개를 끄덕였다.

"우리가 맺어야 할 건 휴전 조약이 아니야."

"허, 공조라도 하겠단 말인가?"

"원한다면."

"…대범하군."

크루세이더와의 공조는 내게도 필요한 일이었다. 브뤼스만이 부려올 다른 수에 대해 짚이는 게 있었기 때문이었다.

악마 군주 뤼펠을 조우했을 당시에는 교단이 관리하는 이 세계에 갑자기 악마가 쳐들어온 것에 대해 이상하게만 여겼지만, 다시 생각하면 수상하기 짝이 없었다. 그리고 여러 정보들을 취합해 본 결과, 나는 어떤 가설을 세울 수 있었다.

그 악마는 교단에서, 정확히는 교단의 어떤 파벌에서 보내온 것이리라고. 그리고 그 파벌은 매우 높은 확률로 가나안 계획을 추진하던 파벌이리라.

뤼펠은 어떤 계약에라도 얽매여 있었는지, 아무리 심문을 해도 확실한 배후를 말해주지 않았다. 아까운 신성을 소모해 [기아스까지 소모했음에도 악마는 입을 열지 않았다. 그리고 그러한 '뒤가 구린' 뤼펠의 반응이 내 가설에 힘을 더 실어주었다.

악마와의 계약은 공짜가 아니다. 더군다나 뤼펠에게 걸린 계약은 기아스마저 무시할 수 있을 정도의 것.

결코 가볍지 않을 터인 계약의 대가를 치러서라도 자신의 존재를 숨기려는 이유는 악마와의 연결 고리가 발견되면 곤란한 상황에 처하기 때문일 터. 대외적으로는 악마들과 전쟁 중인 교단의 누군가는 그 조건을 만족시킨다.

뤼펠이 마계를 열었음에도 교단에선 아무런 반응이 없었던 것도 한 가지 근거가 되었다. 모든 근거가 교단을, 교단에서도 가나안 계획을 추진하는 파벌을 정조준 하고 있었다.

"그러니 브뤼스만은 나와 너희들을 충분히 전멸시킬 수 있을 정도로 강력한 악마 세력을 이 세계로 끌어들일 가능성이 매우 높아. 우리가 맺는 게 단순한 휴전 조약이라면 우린 브뤼스만의 계산대로 섬멸당할 테지. 우린 놈의 예상을 뛰어넘어야 해."

"그게 공조라 이건가?"

"그렇지. 그리고 그건 단순한 공조여선 안 돼. 시너지를 이룰 수 있는 공조여야 하지."

거기까지만 말하고, 나는 짧은 한숨을 내쉬었다.

"안타깝지만 지금은 그때가 아직 아닌 것 같군."

"뭐?"

"자네의 부관 말이야. 지금 어디 갔지?"

내가 직접 목을 베어낸 부관의 시체가 사라져 있었다. 뭐, 카르마 연산이 안 되고 있는 시점에서 그가 완전히 죽지 않은 건 이미 알고 있었다. 그리고 이 찌릿찌릿한 직감의 반응. 곧 무슨 일이 생길지, 나는 대충 예상할 수 있었다.

"이 일만큼은 당신 혼자 해결해야 해. 우리가 개입했다간 당신만 곤란해질 테니까. 알겠지? 알아서 잘해보라고."

"그게 무슨……. …아니, 알겠다."

바깥에서 고함 소리가 들렸다. 부관의 목소리였다. 군단장이 교단을 배신했다며 군단장을 탄핵할 병사를 모으는 것이 그 내용이었다.

지금부터 일어날 일은 부관의 쿠데타다. 만약 이 사태에 내가 개입했다간 부관의 세력에 빌미를 주는 셈밖에 안 된다.

"무운을 빈다는 말은 이상한가? 어쨌든 잘해내길 바라지."

그 말만 남기고, 나는 다시 안젤라의 특성 안에 모습을 숨겼다.

*　　　*　　　*

"…음?"

쇠사슬에 묶여 괘종시계의 추처럼 덜렁덜렁 흔들리고 있던 카자크는 문득 고개를 들었다.

"배신욕이… 느껴지는군."

오랜만의 달콤한 감각에, 카자크는 입술을 핥았다. 아마도 어떤 이유로든, 자신을 감금하고 있는 여자가 자신에게 어떤 애착 같은 걸 품기 시작한 탓이리라.

그렇다면 그 애착을 반드시 배반해야 성이 차는 것이 카자크라는 남자의 성질이었다.

"이러고 있을 수 없지."

스킬은 봉인당해 있으며 팔다리, 목이 다 묶였고, 너덜너덜할 정도로 고문당한 몸이지만 카자크는 아껴뒀던 탈출 방법이 하나 있었다.

여자가 꽤 자주 고문실을 비웠음에도 이제까지 그 방법을 쓰지 않았던 건, 그 방법이 매우 고통스러운 건 둘째 치고 목숨이 위험하기 때문이었다.

하지만 상황이 바뀌었다. 지금의 카자크는 배신을 목숨보다 더 중히 여기는 남자였다.

"…흡!!"

한 호흡 숨을 참은 후, 카자크는 흔들리는 쇠사슬의 반동을 이용해 목을 당겼다. 그의 능력치는 근력이 강건보다 낮았으므로, 그의 시도는 금방 성공했다.

으지직.

스킬 봉인구에 묶인 그의 목뼈가 으스러져 이상한 각도로 꺾였다. 보통이라면 몇 분 못 가 죽을 정도의 치명상이나, 플레이어로서의 강건 능력치가 그의 숨을 붙여놓았다.

으직, 으직.

같은 동작을 몇 번 반복하고 두개골까지 빠개 버리자, 드디어 그의 목과 머리가 스킬 봉인구에서 해방되었다.

"으으으, 으어어어."

카자크의 머리통과 얼굴은 묘사하기에도 끔찍한 상태가 되어 있었으나, 재생 스킬이 그를 구했다. 잘못했으면 뇌가 찌그러져 지능에 손상이 갈 위험이 있었지만 스킬을 쓸 판단력은 남아 있어 다행이었다.

배신에 대한 초인적인 집착이 그로 하여금 별로 높지 않은 승률에 도박을 걸게 만들었고, 그의 도박은 이로써 성공한 셈이다.

자신의 피로 흥건한 고문실 바닥에 한참이나 널브러져 있던 카자크는 한 시간 후에나 간신히 몸을 일으킬 정도의 상태가 되었다.

"운이 좋군, 나는."

카자크는 흐흐흐흐, 하고 낮은 웃음을 터뜨렸다. 여자의 자신에 대한 애착을 배신할 생각에 그의 신체 일부는 오랜만에 잔뜩 흥분해 팽창되어 있었다.

배신은 여자 앞에서 완전히 모습을 감추는 것으로 완성된다. 집에 도착할 때까지가 소풍인 것처럼, 배신은 아직 끝나지 않았다.

"소풍 전날인 것처럼 가슴이 두근거리는군!!"

카자크는 신나서 소릴 한 번 빽 질렀다.

고문실의 방음은 잘 되어 있었으므로 거칠 건 없었다.

*   *   *

브뤼스만이 크루세이더 12군단 내에 잠입시킨 자신의 추종자는 다섯 명. 그러나 그 다섯 명이 모두 군단의 중추였기에, 반란을 제압하는 건 쉬운 일이 될 수는 없었다.

다행히 일반 병사들 중에선 야코프에 대한 지지도와 충성도가 높았고, 반란을 일으킨 사단장 몇 명이 프래깅으로 인해 피살되자 균형은 급격히 무너졌다.

신뢰하는 부하를 자신의 손으로 처단해야 하는 고난을 겪은 후, 야코프는 하루 만에 몇 년은 더 늙은 것 같은 얼굴로 지휘부로 돌아왔다.

이제는 부관도 없는 지휘부에, 홀로.

"어떻게 이런 일이……. 다 내가 가장 신임하던 놈들이었어."

"그렇기 때문에 표적이 된 걸 테지."

힘없는 혼잣말에 대꾸가 돌아왔다. 들은 적이 있는 목소리였다.

"이진혁. 아직 있었나?"

정체불명의 장막 안에 숨은 이진혁의 인기척은 야코프가 아무리 주의해도 털끝만큼도 인지할 수 없을 정도였다. 저런 놈을 적으로 두고 밤에 두 다리 뻗고 편히 잠을 잤다니……. 야코프는 새삼 자신의 무신경함을 탓했다.

"그들의 충성심을 의심할 필요는 없어. 그저 그 충성심보다 강력한 강제력이 그들로 하여금 그렇게 행동하게 만들었을 뿐이니."

그러나 이진혁의 이어진 이야기는 이제까지 했던 생각을 단번에 날려 버리기에 충분할 정도로 충격적인 내용이었다.

"브뤼스만이 내 부하들을 세뇌라도 했단 말인가?"

"그거보다 더 안 좋지."

이진혁의 말에 의하면 야코프의 부하들에겐 [지배의 권능] 스킬이 걸려 있었다고 한다. 그런 걸 알아내는 방법이 따로 있다나.

"권능 스킬! 그 인면독사의 힘이 권능에까지 이르러 있었을 줄이야."

물론 크루세이더의 군단장인 야코프도 권능 스킬 정도는 쓸 수 있다. 단순히 권능 스킬 때문에 놀란 것은 아니다.

야코프는 솔직히 정치가인 브뤼스만의 전투력을 얕보고 있었다. 그 세력은 두려워할 만하나 그 일신의 무력은 보잘것없으리라는, 그런 선입견에 사로잡혀 있었다.

그런데 권능 스킬을 사용할 수 있을 정도로 레벨과 신성을 확보해 놨을 줄이야. 뒤통수를 강하게 얻어맞은 것 같은 얼얼한 기분이었다.

"반란을 일으킨 부하들은 모두 죽였나?"

잠깐 멍하니 앉아 있던 야코프에게 이진혁의 질문이 날아들었다.

"아니, 제압할 수 있는 자는 제압했네. 어쩔 수 없이 죽어나간 자들도 있지만……."

야코프는 기분이 조금 언짢아졌다. 장병들이 브뤼스만의 추종자들 손 위에서 놀아나 개죽음을 당한 게 기분 좋은 일일 리 없었다. 더군다나 프래깅당해 죽은 사단장들도 야코프의 부하였다.

그나마 몇 명은 제압으로 끝낼 수 있었던 건 다행이지만, 놈들은 사람이 바뀐 것처럼 반항해 댔다. 만약 이진혁의 말대로 상황이 어지러워진다면 결국 죽이는 수밖에 없을지도 모른다. 야코프, 그 자신의 손으로 말이다.

"내가 도울 수 있는 일이 생겼군."

그런데 이진혁의 입에서 의외의 말이 나왔다. 적어도 지금
나올 말은 아니라고 생각했기에, 야코프는 조금 미간을 찌푸
렸다.

"도울 수 있는 일?"

그러나 이어진 그의 말은 결코 가볍게 들을 수 있는 성격의
것이 아니었다.

"나는 [지배의 권능]을 취소시킬 수 있어."

"…그런 게 가능한가?"

당황한 나머지, 대꾸하는 데 시간이 조금 걸리고 말았다.

"불가능하지는 않지. 항상 가능하지는 않지만."

"허……."

야코프는 문득 커피가 마시고 싶어졌다. 부관이 타주는 커
피. 방금 전에 제압한 쿠데타의 주동자가 그 부관이었던 걸
생각하면 헛웃음이 나오는 충동이었다. 하지만 만약 부관을
원래대로 되돌릴 수 있다면?

그 생각은 야코프로 하여금 이진혁의 말을 다시 한번 곱씹
게 만들었다.

"지금은 가능한가?"

잊어서는 안 된다. 이진혁은 원래 교단의 적이었다. 그리고
지금은 휴전 협상, 아니 공조 협상 중이고. 그에게 바라는 게

있다면 이쪽에서도 뭔가를 줄 생각을 해야 했다. 그럼에도 불구하고 욕심을 숨길 수 없을 정도로 이진혁의 제안은 달콤하게 들렸다.

그런데 이진혁은 그런 야코프의 물음에 긍정이나 부정을 표하는 대신 이렇게 되물었다.

"그래서 묻겠는데, 제압해 둔 그 부하들은 만약 권능 스킬에 당하지 않았다면 네게 충성을 다할 부하들이 맞나?"

이진혁의 그 물음에 야코프는 눈을 감았다. 사실 그도 조금은 불안했다. 부하들이 자신에게 바치는 충성은 자신의 착각에 불과한 게 아닐까? 그들은 내심 내게 불만을 품고 있었던 게 아닐까? 그러나 그는 곧 고개를 저었다.

'나는 부하들을 믿는다!'

마음을 정한 야코프는 눈을 뜨고 단호히 고개를 끄덕였다.

"그렇다."

야코프의 대답이 마음에 든 듯, 이진혁은 두 차례나 고개를 끄덕였다.

"그렇다면 우리의 공조를 약속하는 선금으로써, 부하들의 마음을 당신에게 다시 돌려주도록 하지."

"선금인가."

"그래, 선금. 당연히 공짜는 아니야."

야코프로서도 각오는 한 바였다.

　　　　*　　　　*　　　　*

　"호오, 그 방법을 택했나."

　낡은 오두막의 남자, 브뤼스만 라이언폴드는 비릿한 웃음을 띠었다.

　"아쉽군."

　12군단 내에 잠입시켜 둔 자신의 추종자에게 걸려 있던 [지배의 권능]이 풀리는 것을 브뤼스만이 모를 리 없었다.

　야코프나 그의 부하 중에 권능 스킬을 해제하는 능력을 지닌 이가 존재할 리는 없으니 이진혁의 짓일 터.

　"크루세이더를 처치하는 대신 연대하는 걸 택했나."

　그리고 이진혁의 의도 또한 쉬이 읽혔다.

　"놈도 어리석지 않군. 영 멍청한 놈은 아니야."

　예상 가능한 경우의 수였으나, 브뤼스만에게 가장 유리한 경우의 수는 아니었다. 이진혁이 직접 크루세이더를 전원 처치하는 것이 가장 이상적이었다.

　그러나 이것도 나쁘지 않다. 아니, 취향으로 따지자면 이쪽이 더 좋다. 너무 쉬운 게임은 브뤼스만의 취향이 아니었으므로.

　"그렇다면 다음 수를 써야겠어."

　예상했던 만큼 대응도 매끄럽게 이뤄졌다. 이미 배치해 둔 복선들이 곧 기능할 것이다.

　딸깍.

브뤼스만은 휴대폰 폴더를 열어젖혔다.

*　　　*　　　*

내 [차단]으로 인해 [지배의 권능]에서 벗어난 야코프의 부하들은 바로 그 자리에서 엎드려 자신들의 장군에게 용서를 빌었다. 특히나 야코프의 부관은 펑펑 울면서까지 장군에 대한 변함없는 충성을 바칠 것을 다시금 맹세했다.

이로써 야코프의 지휘권은 한층 더 강고해졌고, 본래 적인 나와 공조를 한다는 사실 비상식적인 발상도 비교적 무난히 장병들에게 받아들여졌다.

말하자면 전화위복이 된 셈이다.

그들 입장에서 보자면 나는 그냥 막연히 누가 적이라고 해서 적대시하게 된 대상이지만, 브뤼스만은 스킬로 자신들을 억지로 굴복시켰다. 그 강렬한 체험으로 인해 그들은 나보다 브뤼스만을 더욱 적대시하게 되었다.

더군다나 나는 그 브뤼스만의 적이다. 적의 적은 아군이라고 하지 않는가. 물론 이것만으로 아군으로 끌어들이기에는 근거가 조금 부족하지만, 여기에 바로 내가 그들을 지배의 힘에서 풀려나게 해준 은인이라는 조미료가 극적인 맛의 변화를 낳았다.

그래서 이렇게 우리는 공조를 하게 된 기념으로 회식까지 같이하기로 이야기가 되었다.

"회식이라! 좋군, 그래!! 이쪽에선 뭘 준비하면 되나?"

어찌 보면 뜬금없는 나의 제안을 야코프는 생각보다 흔쾌히 받아들였다.

"적당히 먹을 장소만 제공해 주면 되겠는데? 요리는 내가 준비하지."

"100인분의 요리를? 혼자서?"

야코프는 놀라 눈을 껌벅였다. 교단에는 [캠프파이어] 스킬을 S랭크까지 올려본 사람이 없나? 아니, 단순히 야코프가 모르고 있을 뿐일지도 모른다. 뭐, 내가 쓸 건 [캠프파이어]가 아니라 [오병이어]지만 말이다.

그렇다고 지금 바로 트릭을 밝힐 생각은 들지 않았다. 대신 나는 콧대를 세워 웃어 보였다.

"그래. 그러니까 자리 제공이나 하라고."

"그렇게 말한다면야 뭐… 장소야 우리 식당에서 하면 되겠네만."

"그거 있는 줄 알고 제안한 거야."

며칠 전부터 잠입해 있었으니 당연히 주둔지 시설이야 꿰고 있다.

"그럼 우리가 너무 일방적으로 받기만 하는 거 아닌가?"

그게 그렇지가 않다. 내가 아무 생각 없이, 그냥 사이좋게 지내자고 회식을 제의한 건 아니다.

요리사 직업은 더 많은 사람들에게 요리를 먹일수록 경험치를 얻을 수 있다.

　더군다나 [오병이어]가 있는 한 식재료를 걱정할 필요도 없다. 오히려 먹이는 사람이 많을수록 내게 더 이득이다.

　더욱이 나는 오늘 술까지 깔 생각이었다. 테스카의 [즐거운 회식] 특성으로 뭔가 더 긍정적인 효과를 얻을 수 있을지도 모르니까 말이다.

　나로서는 안 할 이유가 없었다.

　"뭐, 이거야 내가 베푸는 거니 그냥 먹으라고."

　그럼에도 불구하고 나는 그냥 선심 쓰듯 생색을 냈다. 원래 생색은 낼 수 있을 때 내두는 거라는 가르침을… 누구에게서 받았더라. 뭐 아무튼 좋다.

『레전드급 낙오자』 6권에 계속…

이제부터 전자책은

이젠북

www.ezenbook.co.kr

새로운 세계가 열린다!

김재한 『성운을 먹는 자』　　철백 『대무사』
니콜로 『마왕의 게임』　　가프 『궁극의 쉐프』
이경영 『그라니트:용들의 땅』　　문용신 『절대호위』
탁목조 『일곱 번째 달의 무르무르』　　천지무천 『변혁 1990』
강성곤 『메이저리거』　　SOKIN 『코더 이용호』

이름만 들어도 황홀할 정도의 별들의 향연!
이들의 "유료연재"가 시작됩니다!

검색창에 **이젠북**을 쳐보세요! ▼

초대형 24시 만화방

신간 100%, 샤워실, 흡연실, 수면실(침대석), 커플석, 세탁기 완비

■ 광명 광명사거리역점 ■

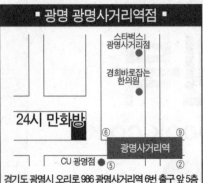

경기도 광명시 오리로 986 광명사거리역 6번 출구 앞 5층
02) 2625-9940 (솔목타워 5층)

■ 강북 노원역점 ■

서울 노원구 상계동 340-6 노원역 1번 출구 앞 3층
02) 951-8324 (화용빌딩 3층)

■ 일산 정발산역점 ■

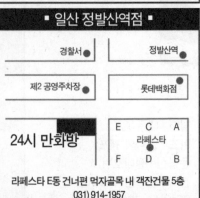

라페스타 E동 건너편 먹자골목 내 객잔건물 5층
031) 914-1957

■ 일산 화정역점 ■

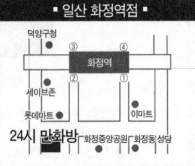

경기도 고양시 덕양구 화정동 984번지 서일빌딩 7층
031) 979-4874 (서일사우나 건물 7층)

■ 부천 역곡역점 ■

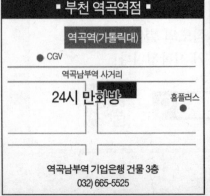

역곡남부역 기업은행 건물 3층
032) 665-5525

■ 부평역점 ■

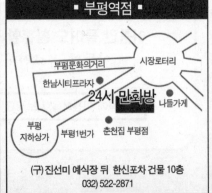

(구) 진선미 예식장 뒤 한신포차 건물 10층
032) 522-2871